レヴォリューション No.3

金城一紀

角川文庫
15320

目次

毛沢東の肖像を掲げたって
世界は変えられないよ

——ザ・ビートルズ

ギョウザ大好き！

——ザ・ゾンビーズ

レヴォリューションNo.3

僕が通っている高校は新宿区にある。

新宿区にはどういうわけか有名進学校ばかりが集まっていて、たとえば、総理大臣を輩出している私立大学の付属高校や、東大進学率がバカみたいに高くて高級官僚を次々生み出している都立高校、それに、やんごとない筋の子女がお通いあそばす女子高、などがある。

僕の高校は昭和三十八年に力道山を刺したヤクザ、の舎弟、という一部のマニアしか喜びそうにない有名人を生み出したのが最後、総理大臣にも官僚にもやんごとない筋にもまったく関係せずに、新宿区の中で陸の孤島のごとくたった一校だけ存在している典型的オチコボレ男子高だ。

なんの因果か、有名進学校のほとんどは僕の高校から半径二キロ以内にある。連中はご近所様の僕たちのことを、《ゾンビ》と呼んでいるらしい。僕が聞いたところによると、

《ゾンビ》というあだ名の由来は大きく分けてふたつあった。

ひとつは、僕の高校の偏差値が脳死と判定されてしまう血圧値ぐらいしかないことからきている。要するに、脳死状態の僕たちは学歴社会において《生ける屍《しかばね》》に近い存在だという意味なのだろう。

さて、もうひとつ。こっちのほうは僕のお気に入りだ。


殺しても死にそうにないから。


見方を変えれば、僕たちはヒーローに不可欠な資質を備えているというわけだ。例えば、『レイダース』のインディ・ジョーンズや、『ダイ・ハード』のジョン・マクレーンみたいに。ちなみに、僕の高校自体のあだ名は『ジュラシック・パーク』なのだそうだ。

これから話そうと思っているのは、そんな僕たちのちょっとした冒険譚《たん》だ。

1

昼休みを告げるチャイムが鳴った。

教壇では旺文社から『試験に出ない英単語3000』を出版するという噂のある英語教師の伊藤が、まだブツブツと過去完了について喋《しゃべ》っていたけれど、生徒たちはまるっきり無視して、さっさと教科書を机の中にしまい、昼飯の準備に取りかかっていた。

僕の右隣に座っている舜臣《スンシン》は教科書の代わりに広げていたマルクス・アウレリウスの『自省録』を閉じ、僕に訊《き》いた。

「今日、ヒロシの見舞いに行くだろ?」

僕がうなずくのと同時に、左隣の席の萱野《かやの》から、「僕も行くよ」と声がかかった。萱野はもう弁当箱の蓋《ふた》を開けて、箸《はし》をしっかりと握っていた。

「バイトはいいのか?」と僕は萱野に訊いた。

萱野は卵焼きを頬張りながら、こくんとうなずき、「今日は遅出でいいんだ」と言った。

「めし食いに行こうぜ」と舜臣が僕に言った。

普段なら学校を抜け出して外に食べにいくのだけれど、校内で昼休み中に済ませておかなければならない用事があったので、首を横に振った。

「アギーに会いに行かないと」

僕がそう言うと、舜臣は、「そうか、もうそんな時期か」と思い出したようにつぶやき、不敵に笑った。右の眉尻《まゆじり》に縦に走っている五センチほどのナイフ傷がほんのりと紅潮していた。


教室を出て、学食に向かった。

学食に入ってすぐ、左隅に配置してある六人掛けのテーブルを見ると、いつものようにアギーが座っていて、向かいの席には《先客》がいた。他の客の姿はなかった。早く用事を済ませられそうだった。

まず、カウンターに行ってカレーライスを取ってきたあと、アギーのいるテーブルに向かった。テーブルのすぐそばまで行くと、アギーが僕に気づき、彫の深い顔を崩してとろけるような笑みを浮かべた。向かいに座っている《先客》は僕のほうを見て一瞬、なんだおまえ、といった感じでガンを飛ばしたけれど、すぐに僕だということに気づき、小さく頭を下げた。《先客》は沢田という、両方の乳首にピアスをしていることで有名な二年坊だった。

僕は沢田とのあいだをひとつ開けて、テーブルに座った。僕がカレーを食べ始めたのとほとんど同時に、アギーと沢田の会話が再開した。黙って聞き耳を立てているうちに分かったのは、沢田のつきあってひと月になる彼女が妊娠して、沢田は当然堕ろしてもらうつもりなのだが、彼女の話によると、手術費用が三十万もかかるらしく、沢田はもちろんそんな大金を持ってないので困っていて、ひったくりやノックアウト強盗や当たり屋をすることも考えたけれど、根性がなくてできなかった、というような内容だった。

「あくまでたとえばの話なんですけど……」沢田が切羽詰った声で言った。「たとえば、俺が階段の上から女を突き落とすとしますよね。それで、女はたいしたことなくて、お腹の中の子供だけが死んだ場合、俺の罪はどうなるんですか？」

アギーはため息をついたあと、やれやれといった眼差《まなざ》しを浮かべながら、僕を見た。僕は、さてどうする、といった挑戦的な笑みをアギーに向けた。アギーは眼差しを険しいものに変え、沢田を見た。

「おまえがやろうとしてることは、刑法第一九九条の『殺人』の罪にあたる。おまえは死刑か無期懲役になるな。特に、胎児に対する罪は重くて情状酌量もないだろうから、たぶん、間違いなく死刑になるだろう」

「死刑ですか……」沢田の顔が辛《つら》そうに歪《ゆが》んだ。「俺、どうすればいいんですかね」

「角膜か、腎臓《じんぞう》でも売って金を作れよ」アギーはきっぱりと言った。「売買やってる知り合いがいるから、紹介してやろうか？」

「勘弁してくださいよ」沢田はそう言って、泣き笑いのような表情を浮かべた。

「赤ん坊を殺す度胸はあっても、自分の体が傷つくのはイヤってわけか、あ？」

沢田の目が潤み、本当に泣き出しそうになった時、アギーが言った。

「小笠原《おがさわら》に飛ぶか？」

「なんすか、それ？」と沢田。

「島に飛行場の滑走路を敷く仕事だよ。要するに土方だ」

「金になるんですか、それ？」

「ひと月で二十五万にはなる」

「五万、足りないじゃないですか」

「それぐらいはカツアゲでもして稼げよ」

沢田は少しのあいだ黙って考えたあと、大きく肩を落として、俺、行きます、と寂しそうにつぶやいた。アギーはそれを聞いて、システム手帳を開き、ボールペンでさらさらとなにかを書き込んだ。そして、そのページを破り、沢田に渡した。

「そこに電話しろ。ちゃんと、『佐藤さん』からの紹介です、って言うんだぞ」

沢田は素直にうなずいた。アギーが手を差し出した。

「食券でいいですか？」

沢田がすまなそうにそう言うと、アギーは小さく舌打ちしながら、うなずいた。沢田は学生服のポケットから五百円分の食券二枚を取り出し、アギーに渡した。

沢田がテーブルを離れてすぐ、僕は訊いた。

「胎児を殺すと死刑になるって、本当なのか？」

僕の向かいの席に座り直しながら、アギーは首を横に振った。

「胎児は母親の体の中から出るまでは人間として認められないんだ。だから、あいつが女を階段から突き落として胎児が死んだとしても、動機がばれなきゃ、女に対するただの傷害罪で、執行猶予で済む」

「あのバカ、ほんとに女の背中を押してたかな」

「話を聞いてて、あいつが女に騙《だま》されてるのが分かったろ？　いまどきモグリの医者だって三十万も取らないぞ。ああいうバカは背中を押すのに手じゃなくて足を使って思い切り蹴《け》り飛ばして、女を殺しちまうタイプなんだよ」

「どうせなら騙されてるのを教えてやればいいのに」

「ああいうバカには労働の尊さを早くから教えてやったほうがいいんだ」とアギーは真面目な顔で言った。

「それで、おまえは小笠原のマージンで得をして、搾取の尊さを学ぶわけか」と僕は茶化して、言った。

「小笠原はピンハネしてない」アギーはきっぱりと言った。

「珍しいな」

「その代わり、地元に強力なコネを築いてる」

「なんのために?」

「女にイルカを見せに行く時に特別待遇にしてもらってんだ」アギーはそう言って、楽しそうに笑った。「女にイルカを見せると喜ぶんだ、これがまた」

アギーの笑顔に引き込まれて、僕も笑った。一瞬、抱かれてもいい、と思ったけれど、すぐにその思いを打ち消した——。

アギーは日本とフィリピンのハーフだ。でも、フィリピン人のお母さんのほうにスペイン人と華僑《かきょう》の血も流れているので、アギーは四ヵ国分のDNAを持って生まれてきた。それが芸術的に配列された結果、艶《つや》があって軽くウェーブしている黒髪、彫の深い顔、光の加減によって色が違って見える瞳《ひとみ》、きめの細かい小麦色の肌、手足が長くバランスのとれた体型、ありあまるほどの色気、ミステリアスな雰囲気、そして、大きなちんぽこ、といった特徴を生み出した。そんな、アギーは九歳の時に近所に住む三十五歳の人妻に童貞を奪われたのをきっかけにして、自分の進むべき道を見つけた。

入学直後、アギーは僕たちを前に、こう言った。

「将来、俺は本物のコスモポリタンになるんだ。そのためには普遍的な武器が必要だ。それがなんだか、分かるか?」

ポカンとしている僕たちに構わず、アギーはニヤリと笑って、答えを言った。

「マニー(マネー)とピーニス(ペニス)さ」

その発言以来、アギーは僕の高校で伝説的な存在になった。ただ、アギーは大きなピーニスを持ってはいたけれど、マニーは持っていなかった。そこで、大きなピーニスを利用して金儲《かねもう》けを始めた。簡単に言えば、金持ちの中年おばさんたち相手の『若いツバメ』なのだけれど、別にホストクラブに入ってるとかそういうことじゃない。アギーは決して徒党を組まない個人主義者なのだ。

「力と知識がないと、みんなに潰《つぶ》されちゃうからね」

アギーはよく僕にそう言う。その言葉通り、アギーはボクシング・ジムに通ったり、『法律の抜け穴事典』や『家庭の医学大事典』や『税金のしくみ』といったような実生活に必要な本をいつも読んでいる。もちろん、リルケや立原道造の詩集とか、セザンヌやワイエスの画集とか、『365日誕生花の本』や『占星術大百科』なんてのも読んで、女との臨戦態勢にも常に備えている。そして、いつのまにかそんなアギーの知識と金持ちの中年おばさんから得たコネを目当てに、女の問題で困った僕の高校の連中が群がるようになった。そこでアギーは学食に専用テーブルをこしらえ、そこに《相談所》を開設し、相談役を引き受けているのだった。もちろん、有料で。

ちなみに、アギーとは、アギーのお母さんの旧姓《アギナルド》からきている。アギーは《佐藤健》というちゃんとした日本名を持っているのだけれど、親しい友人には必ず、「アギーって呼んでくれ」と頼んでいた。そんなわけで、僕はアギーと呼んでいる。

僕はまず千円をアギーに渡し、用件を切り出した。

「今年はどんな対策でくるつもりなんだ、奴らは?」

アギーは僕の顔を真剣な眼差しで見ながら、残念そうに首を横に振った。

「今年はどうやっても成功しないと思うね。おまえたちは強力な相手を敵にまわすことになった」

「警察《ポリ》か？」僕は慌てて訊《き》いた。

　アギーはまた首を振り、システム手帳を開いた。

「いまのところの情報によると、学園内の自治を守る、とかで、警察を動員するつもりはないみたいだ。その代わり、大学の体育会連中をガードマンとして駆り出すらしい。空手部とか柔道部とか応援団部とかいった連中を総勢百五十人」

「大学って、あそこは付属校じゃないだろ？」

「色々な大学に頼んで、駆り出してくるみたいだ」

　アギーは駆り出される連中の大学名をいくつか挙げた。みんな有名私立大学だった。ということは、体育会もハンパな実力ではないはずだ。

「その情報、間違いないんだろうな？」と僕は訊いた。

　アギーは怒ったように眉《まゆ》をひそめた。

「学園祭の実行委員長から直接聞き出した情報なんだぞ。俺のピーニスは——」

　僕があとを引き取った。「自白剤のバルビツールより効き目が確か、なんだろ？」

　アギーは満足そうにうなずいたあと、トム・クルーズ並みの笑顔を僕に向けた。一瞬、抱かれてもいい、と思ったけれど、そんな場合ではないことに気づき、思いを打ち消した。

敵は予想外の手を打ってきていた。これからしばらくは荒れ模様が続きそうだった。

2

僕たちがまだ一年坊主だった二年前の十月のある日、生物の授業中でのことだった。

その日、生物教室にはいつものような風景が広がっていた。授業を聞いている奴はほとんどなく、たいていの奴らは、ウォークマンで音楽を聴きながら居眠りをしてたり、ジャンプを読んでクスクス笑ってたり、吉野家の牛丼を食べてたり、机の陰でちんぽこの大きさを比べ合ったりしていた。教壇ではこれもまたいつものように、ドクター・モローがホモとかヘテロとか遺伝に関することを飽きもせずに喋《しゃべ》っていた。

勤続三十年になる生物の米倉《よねくら》は、僕たちが入学するはるか前から《ドクター・モロー》と呼ばれていた。理由はカリキュラムを無視してやたらと遺伝に関する授業をするからだった。そのせいで、校内では米倉が遺伝子組み換えで造り出した猫とネズミの合体動物《キャッチュー》の肉が学食のカレーに使われている、という噂や、米倉の手帳の中にはサダム・フセインと肩を組んで一緒に納まっている写真が入っている、といった噂なんかが流れていた。多分、そんな噂が流れるのは米倉の髪がマッド・サイエンティストの描写にありがちな、ちぢれた白髪だったからだと思う。それ以外は背も高いし、顔もきっちりとしたハンサムで、さらにはすごく温厚なタイプだったから、生徒たちには割合人気のある教師だった。

教室の後方で突然起きた大きな笑い声が、ドクター・モローの話し声をかき消した。いつもなら構わず喋り続けるはずのドクター・モローは、その日にかぎって喋るのを止めた。そして、教卓に両手をついて、ゆっくりと首を動かし、教室を見回した。ドクター・モローのいつもと違う様子にただならぬものを感じて、僕を含む何人かはドクター・モローの様子をじっと窺《うかが》っていた。

ドクター・モローは教室を見回したあと、顔をまっすぐに向け直し、クラスの誰にともなく言った。

「君たち、世界を変えてみたくはないか?」

僕はその瞬間のことを、いまでもはっきりと覚えている。僕は教室の一番後ろの席に座っていたからよく見えたのだけれど、ウォークマンを聴きながら居眠りをしていた奴らがいっせいにドクター・モローの言葉にビクッと反応し、頭を上げた。ドクター・モローの言葉がどうして聞こえたのかはいまもって謎だ。それに、他の連中も動作を止め、いっせいにドクター・モローを見た。

僕の右隣で西田幾多郎《きたろう》の『善の研究』を読んでいた舜臣が、ぱたりと本を閉じ、ドクター・モローに言った。

「どうやって変えりゃいいんですか?」

ドクター・モローも教卓の上に載っていた教科書をぱたりと閉じて、言った。

「その前に、君たちが頭が悪いのはどうしてだと思う?」

教室のところどころでいっせいに舌打ちが鳴った。当然ながら、バカに面と向かってバカと言ってはいけない。教室には凶暴な雰囲気が漂い始めていた。その雰囲気にも動ぜず、ドクター・モローは淡々と続けた。

「頭が悪いと一口に言っても、色々な頭の悪さがある。私が言っているのは試験勉強が苦手といった種類の頭の悪さだ。要するに、どうして君たちがこの高校に来ているかってことだよ」

前のほうに座っている誰かが言った。

「先生が言った通り、勉強が苦手だからです」

ドクター・モローが問い返した。

「それじゃ、どうして君たちは勉強が苦手なんだ？」

どうしてって言われてもなあ、という声があちこちから上がった。そして、生まれつきだもんなあ、という声も。その声にドクター・モローが反応した。

「そう、君たちは生まれつき勉強が苦手なようにできているんだ。つまり、遺伝上の問題なんだよ」

分かったような分からないような雰囲気が教室に漂った。ドクター・モローが補足した。

「君たちの両親の中に有名大学を出た人がいるか？」

シン、という沈黙が教室を支配した。きっと、みんなは三親等ぐらいにまで亘《わた》って出身大学を洗い直していたのだろう。やがて、みんなは盲点をつく新しい発見に、ため息をついたりうなずいたりし始めた。しかし、田中という奴が手を挙げて、「僕の親戚《しんせき》の叔父《おじ》さんに東大に入った人がいます」と発言した瞬間、教室は色めき立った。でも、ドクター・モローはちっとも慌てず、田中に訊いた。

「そのおじさんはいま、なにをしてる？」

「火星人の地球侵略に備えるんだ、って言って、北海道の奥地で暮らしてます」

みんながいっせいに、さもありなん、といった感じでうなずいた。ドクター・モローがとどめを刺した。

「そういう人を、突然変異と言う」

教室全体に自然と親密な連帯感が生まれ始めてきた時、ドクター・モローが言った。

「君たちは勉強が苦手だったから、この高校に来た。それは恥ずべきことでもなんでもない。人間には持って生まれた才能というものがあるからだ。勉強が得意な人、運動が得意な人、音楽が得意な人、絵が得意な人。残念ながら、君たちには勉強の才能はなかった。それじゃ、君たちは他にどんな才能を持って生まれてきたんだ？」

また、シン、という沈黙が教室に流れた。ドクター・モローは続けた。

「勉強の得意な奴らと同じ土俵で戦い続けても、絶対に勝てないぞ。それに、苦手なものを無理して続ける必要もない」

クラス委員長をやっている井上がドクター・モローに反論した。

「でも、世の中を支配してるのは勉強の得意な奴らですよね。それじゃ、僕たちは死ぬまでそいつらの支配下にいなきゃならないんですか？」

「君たちが勉強の得意な奴らの世界に留まろうと思うんならね」ドクター・モローはきっぱりと言った。「君たちはなんらかの才能を持って生まれてきている。その才能がなにかを見つけ出し、その才能の世界で生きれば、自然と勉強の得意な奴らの世界は消滅する」

相変わらず教室には静寂に近い雰囲気が漂っていた。みんなドクター・モローの言ったことを理解しようと必死になっているようだった。

　また、井上がドクター・モローに言った。

「もし、自分の才能を見つけられなかった場合はどうすればいいんですか？」

「そんなことは考えなくてもいい。探し続ければ、きっと才能は見つかる」とドクター・モローは言った。

　井上は食い下がった。

「それでも見つからなかった場合はどうすればいいんですか？」

　ドクター・モローは困ったように、眉間《みけん》に深い縦皺《たてじわ》を刻んだ。

「その時は、勉強の得意な奴らの世界とどうにか折り合って生きていくしかないだろう」

　教室のところどころでため息が吐き出され、ひとつに固まり、諦《あきら》めの雰囲気となって漂った。徐々にドクター・モローが教科書を閉じる以前の状況に戻りつつあった。ドクター・モローは諦めの雰囲気をかき消すように、よく通る声で言った。

「君たち、勉強の得意な奴らの世界に留まるにしてもただで留まってはいけないよ。遺伝子戦略で高学歴の人間たちが群れ集って形成している窮屈な階級社会に、風穴を開けてやるんだ」

　教室のあちこちで、また遺伝子かよ、という嘲《あざけ》りに近い声が上がった。教室の中の緊張は完全に均衡を失った。

「どういうことですか？」と井上が訊《き》いた。

「勉強の得意な者同士の遺伝子結合を阻止して、その片方に君たちが割り込むんだ。優等は劣等と結びつきながら、バランスを保っていく。それが本当は自然界の理《ことわり》なんだよ。同じ性質の遺伝子がくっついてばかりいる社会は必ず歪《ゆが》んでくる。血をひとつの場所で淀《よど》ませてはいけないんだ」

ほとんどの連中はもうドクター・モローの言葉を聞いてはいなかった。舜臣が久し振りに声を上げた。

「つまり、勉強の得意な女の遺伝子を獲得しろってことですね？」

ドクター・モローがしっかりとうなずいた。

「久し振りに勉強の得意な遺伝子と出会った君たちの遺伝子は、大喜びしてとんでもなく新しい遺伝子を創造するかもしれない。この世界に生まれ出てきた君たちの子供は新しい世界を創造し始めるかもしれない。そして、君たちはそれを見守りながら、死ねるかもしれない」

「でも、ひとつ問題があります」僕の左隣に座っていた萱野が言った。「僕たちは勉強の得意な女にもてません」

ドクター・モローは眉間に皺を寄せ、深くうなずいた。

「確かにそれは難しい問題だ。しかし、それを克服するためにはたったひとつの方法しかない」

ドクター・モローの話を最後まで聞いていた連中は、身を乗り出しながらドクター・モローの言葉を待った。そして、ドクター・モローはきっぱりと言った。

「努力だ」


ドクター・モローの言葉に感電してしまった連中がクラスの中に少なからずいた。僕もその一人なのだけれど、そういう連中が自然発生的に集まり、風穴を開けるために何かをしよう、という話になった。要するに、勉強の得意な女をどうにかしてモノにしよう、というわけだ。

そんな時、偶然か必然か、僕たちの高校の近所にある『聖和女学院』の学園祭が間近に迫っていた。聖和は良家の子女が大勢通う、偏差値も美女占有率も高い、都内の男子高校生に人気の女子高だった。そして、聖和の女たちはご近所様である僕たちには当然ながら、冷たかった。むかし、僕の高校の生徒が聖和の女生徒をナンパしたところ、その女生徒が悲鳴を上げながら交番に逃げ込む、という事件があった。それ以来、僕の高校では、「やむをえない場合を除いて聖和の生徒の半径五メートル以内には近寄ってはいけない」というアメリカのセクハラ訴訟の判決みたいなお達しが出るようになった。

そんなわけで路上ナンパは論外だったけれど、身分を隠して学園祭に潜り込めれば公然とナンパが出来る、という結論に僕たちは到達した。

でも、ことはそんなに簡単ではなかった。僕たちと同じように考える連中は大勢いて、聖和の学園祭は都内の男子高校生やら大学生やらマニアの中年オヤジやらタレント事務所のスカウトやら各種変態やらのターゲットになっていたのだ。その対策のために聖和側は十年前から《チケット制》を導入した。在校生一人につき各三枚のチケットを渡し、身元の確かな人物にしか渡さないよう生徒に指導したのだ。それ以来、聖和の学園祭チケットはローリング・ストーンズのアリーナ・チケットを手に入れるより難しい、という希少価値が生まれ、学園祭シーズンには偽造チケットまで出回るようになった。

当然ながら、聖和の学園祭に関して蚊帳《かや》の外にいた僕たちは、ドクター・モローのお説教を境に、どうにかして蚊帳の中へ潜り込もうと決心した。僕たちがやろうとしていることの噂を聞いて他のクラスからも自然発生的に仲間が集まり、最終的には四十八人になった。類は友を呼ぶ。あとで知ったのだけれど、どういうわけかみんな携帯電話とカラオケと巨人軍が嫌いだった。

僕たちは正式に『ザ・ゾンビーズ』というグループを発足させ、さっそく潜入作戦の準備に取りかかった。僕は潜入作戦の作戦立案係に任命された。理由は、頭が良さそうだから、という見た目のことだけで深い意味はない。

初めての年、僕は《出前作戦》というのを立案した。内容は、まず、そばとかラーメンとかピザとか寿司とか、そういった店屋物を百人前ずつ聖和の教師のフリをして注文し、学園祭が行なわれている学校に届けさせる。ここで重要なのは学園祭の打ち上げのために必要だとかなんとか言って、時間を指定していっぺんに持ってこさせることだ。分散して持ってこられては効果がない。次に、校内で大事故があったことにして救急車も呼ぶ。ここで重要なのは聖和から離れた位置で救急車を呼ぶと消防庁のコンピューター・システムがそれを察知して怪しむので、聖和のすぐ近くの公衆電話で電話をかけることだ。

さて、いっぺんに店屋物が届き、救急車までやってきたことで何事かと教師たちは慌てふためき、混乱する。当然、正門でチケットのチェックをしている場合ではなくなる。チケット係の生徒がいたとしても、所詮《しょせん》まだ十代の女の子だ。問答無用で通ってしまって校内に潜り込んだが最後、捕まる心配はほとんどない。僕たちは実際にその作戦を決行し、そして、成功した。僕たちは慌てふためいている教師たちを尻目《しりめ》に、堂々と正門を通って伝説の秘密の花園へ入っていった。その結果、仲間のうち八人が聖和の女生徒から電話番号を聞くことに成功した。

僕たちは成果を喜んだのだけれど、それも長くは続かなかった。後日、いざデートに誘おうと自分たちの身分を明かすと、八人すべてがふられた。それは、僕たちがオチコボレ高校に通っているというのがすべての理由ではないようだった。聞くと、潜入作戦に人命に関係する救急車を利用したことが聖和の女生徒たちにいたく評判が悪かったらしいのだ。その意見はザ・ゾンビーズにとってもうなずけるもので、僕たちは次の年の巻き返しを誓った。

翌年、僕は日本史の授業中に思いついた《ええじゃないか作戦》というのを立案した。内容は簡単だ。ザ・ゾンビーズ全員が、「ええじゃないか、ええじゃないか」と踊り狂いながら、正門に殺到し、突破するのである。前の年に小賢《こざか》しい手を使ったので今年は単純明快にいこう、という趣旨だった。

その年、聖和の教師たちは前年の轍《てつ》を踏まないように、聖和から半径十キロ以内のそば屋中華料理屋ピザ屋寿司屋のすべてに、「学園祭期間中に出前を頼むことはありません」という内容の通知書を送り、さらには学校付近の公衆電話すべてに見張りをつけた。努力は認めるけれども、僕たちが二度も同じ手を使うと思うのが甘いのだ。僕たちは聖和の正門手前五十メートルから「ええじゃないか踊り」を踊りながら殺到し、どうにかせき止めようとする教師たちを蹴散《けち》らしながら、校内に入っていった。

しかし、この年の作戦は失敗だった。まず、仲間のうちの一人が敵に捕まってしまったのだ。そいつは山下という奴で、クラス全員がカンニングをしているのに一人だけ捕まる、といったような史上最弱のヒキを持つ男だった。僕たちが「ええじゃないか、ええじゃないか」と叫びながら正門を通過している時、後ろのほうで、「どうして、いつも俺だけなんだよぉぉぉ！」という山下の断末魔の叫びが聞こえてきたのだけれど、みんなは、「許せ、作戦に犠牲者はつきものだ」と涙を呑《の》みながら歩を進めたのだった。

そんなわけで、二年連続で不法に校内に侵入したのが僕たちだということが教師にバレ、僕たちの学校に厳重注意を促す通知書が聖和から送付された。それに、その年は女生徒をモノにするどころか、電話番号を聞くことさえできなかった。あとでアギーから情報を買ったところによると、《ええじゃないか作戦》は貧乏臭いということで聖和の女生徒たちにひどく評判が悪かったそうだ。その意見にはメンバーたちのあいだで、あいつらにはユーモア精神がない、というような反論も出ることには出たのだけれど、貧乏臭いという点ではグウの音も出ないという一点で結論を見た。そして、来年こそは、と僕たちは固く誓い合ったのだった。

今年。

敵は体育会連中の動員を図ってきた。聖和の学園祭はひと月後に迫ってきていた。僕の頭にはなんの妙案も浮かんでおらず、それに、ザ・ゾンビーズの精神的支柱とも言える板《いた》良敷《らしき》ヒロシが病気で入院していて、メンバーのあいだに動揺が広がっていた。

一応、ザ・ゾンビーズはリーダーを置かない共和的合議組織ということになっている。しかし、二年目に山下が捕まった時、僕の学校は見せしめに山下以外に首謀者の首も欲しがり、その時に自ら進んで首を差し出したのがヒロシだった。山下とヒロシは一週間の停学を食らった。それ以来、メンバーのあいだではヒロシが実質的なリーダーであることが暗黙の了解事項になっていた。もちろん、ヒロシがリーダーとして認められたのは首を差し出したからだけじゃない。もともと、ヒロシはメンバーのためならライオンの檻《おり》の中にでもためらうことなく飛び込んでいくだろう、というメンバー全員の共通認識があったからだ。そして、みんなは最後の年の作戦遂行に向けて、ヒロシの復帰を心から願っていた。

3

ヒロシが入院している病院は、僕の高校の最寄り駅から電車でふた駅だけ行った場所にあった。

僕と舜臣と萱野は駅を出て、駅前から西のほうに二百メートルほど延びている、ゆるい勾配《こうばい》の坂をのぼった。坂のてっぺんで右に折れ、高台の道をまっすぐ五分ほど歩くと、病院に到着した。

まず、地下の売店に行き、二百五十円のバニラアイスを十個買った。それからエレベーターに乗り、八階に上がった。ナース・ステーションの前を通る時に、婦長さんから、「あんたたち行儀良くするのよ」と声を掛けられながら、ヒロシの病室に向かった。

部屋に入ると、タイミング悪くヒロシは点滴の最中で、トリップ状態だった。僕たちはヒロシのお母さんに挨拶《あいさつ》したあと、アイスを渡し、ベッドサイドにある小さい冷蔵庫に入れてもらった。ヒロシのお母さんは「ちょっと頼むわね」と言い残して、洗濯をしに病室を出ていった。僕たちはスチールパイプ製の椅子に座り、ぼんやりとヒロシのトリップ顔を眺めていた。

お母さんに聞いたところによると、ヒロシの病気は、「ずっと治療していなかった虫歯の穴から悪いカビが入り、それが原因で全身のリンパ腺《せん》が腫《は》れる病気」ということだった。いまいちよく分からない病気だったけれど、ザ・ゾンビーズのメンバーたちはヒロシの状態を見て、自ら進んで歯医者に通うようになった。それほどヒロシの状態はひどかった。首のまわりのリンパ腺が腫れ上がって顎《あご》が隠れてしまうぐらいだし、体を触ると水ぶくれのようなしこりがあちこちにできているのが分かった。その上、ヒロシの意識をどこか遠くへトリップさせてしまうぐらい強い点滴のせいで髪の毛は全部抜けてしまい、顔色はいつもドス黒い感じだった。

点滴の瓶から最後の一滴が落ちて管に入り、ゆっくりとヒロシの体の中に入っていった。しばらくすると、ヒロシの目の焦点が僕たちに合ってきて、顔にものすごく薄い笑みが浮かぶまでになった。僕たちは椅子を片づけて、持ち場を固めた。舜臣がベッドの下から洗面器を取り出してヒロシのそばに寄り添い、僕はタオルを持ち、萱野は水の入った魔法瓶とコップを持った。ヒロシが手を動かして合図を出したので、舜臣がベッドのリモコンボタンを押し、背もたれをゆっくりと上げていった。九十度近くまで上がった時、ヒロシはビクッと上半身を震わせ、舜臣がしっかりと抱えている洗面器に向かって吐き始めた。内容物はほとんど胃液で、時々洗面器から飛び散るしぶきを僕はタオルで拭《ぬぐ》った。ヒロシはスクリーミン・J・ホーキンズのような野太い唸《うな》り声を上げながら、三分ほど休むことなく吐き続けた。

副作用が収まったのを見計らい、萱野がコップに水を入れてヒロシに差し出した。ヒロシは弱々しく口を動かしてうがいをし、汚くなった水を洗面器に吐き出した。僕がリモコンを操作して背もたれをゆっくりと倒した。ヒロシがこっちの世界にちゃんと戻ってくるまでのあいだ、僕たちは洗面所に行って洗面器とタオルを洗ったりして時間を過ごした。

病室に戻ると、ヒロシは自分で上半身を起こし、完全な笑顔を浮かべた状態で僕たちを出迎えてくれた。

「いつも悪いな」

「くだらねえこと、言うな」舜臣が面倒臭そうに、言った。

「山下は来てないの？」とヒロシが思い出したように訊いた。

「病院は出禁にした」と僕は答えた。「あいつが見舞いに来ると治りが遅くなるだろ」

ヒロシはケラケラと短く笑ったあと、とても優しい色を目に浮かべ、やさしくしてやんなきゃダメだぞ、と僕たちをたしなめるように言った。

僕たちはまた椅子を取り出してベッドを取り囲むようにして座り、ヒロシと一緒にゆっくりとアイスを食べた。途中からヒロシのお母さんも加わり、舜臣が民族学校に通っていた中学時代に凶器準備集合罪で警察に捕まった時の話なんかをして、盛り上がった。舜臣によると、敵対していた中学に殴り込みをかけようと、みんなで手に手にバットや木刀を持って公園に集合していたところ、その情報を聞いてビビった相手側のチクリで警察がやってきた。警察官が木刀を持った舜臣の先輩に、「おまえたち、なにやってんだ！」と詰め寄ると、なんとかとんちで切り抜けようとした先輩は、「僕たち、剣道部員なんです」と言って、警察官に思い切り頭をはたかれたそうだ。残念。

ようやく看護婦がやってきて、ヒロシの腕から管を外していった。時計を見ると、もう少しで夕食の時間だったので帰ることにした。僕たちが腰を上げると、ヒロシが送って行くよ、と言って、ベッドから下りようとした。止めても無駄だと分かっていたので、ヒロシの好きにさせておいた。

両足を床の上に置いて立とうとした瞬間、ヒロシはものの見事に崩れ落ちた。お母さんも僕たちも黙ってヒロシの様子を眺めていた。ヒロシはベッドの縁につかまりながら、ゆっくりと体を引き上げていった。そして二分後、目をギラギラと輝かせ、「へへ、へへ」とあしたのジョーのように笑いながら、ヒロシは自分独りで立つことに成功した。ヒロシは相変わらず目をギラギラさせながら、三分ぐらいのあいだ動かずに立ち、足に力と感覚を充満させて歩く準備を整えたあと、急に照れたみたいに微笑んで、言った。

「行こうぜ」

エレベーターで屋上に出て、金網塀の近くに置いてある木製のベンチに座った。遠くのほうに、夕暮れにくっきりと浮かび上がっている西新宿の高層ビル群が見えた。舜臣が学生服のポケットからラッキー・ストライクのボックスを取り出すと、ヒロシがパジャマの胸ポケットからジッポー・ライターを取り出した。そのジッポーはザ・ゾンビーズのメンバーがヒロシの誕生日プレゼントに贈ったものだった。

僕たちは煙草をふかしながら、今年で最後になる学園祭襲撃に関する話をした。

「なんかいい作戦を思いついたか？」

ヒロシにそう訊《き》かれたので、一応、うなずいておいた。本当は真っ白な状態だったのだけれど、ヒロシを心配させないためだった。

「ねえ、みんな卒業したらどうするつもり？」萱野が唐突に切り出した。

僕たちの卒業は約半年後に控えており、もうそろそろ進路をはっきりと決めなくてはならない時期に差しかかっていた。これまで僕たちはこの話題を意識して避けてきていた。

「いまのところはっきりとは決めてないけど」と僕は言った。「おまえはどうするんだ？」

「僕は就職するよ」と萱野は言った。「舜臣は?」

舜臣は煙を思いっきり吸い込んだあと、勢い良く吐き出した。

「俺は大学にも行かねえし、就職もしねえよ」

「どうして?」と萱野は不思議そうに訊いた。「舜臣ならちゃんと勉強すれば、いい大学に行けると思うけど」

舜臣は僕たちの学年で一番成績が良かった。教師たちも僕たちの学校で初めて有名大学に合格する生徒が出るのでは、と舜臣に期待を寄せていた。

「大学に行って、どうするよ」舜臣は短くなった煙草を指で弾《はじ》いて前へ飛ばした。「大学なんてサラリーマンの養成所みてえなもんじゃねえか。そんな場所に用はないね」

「舜臣はサラリーマンが嫌いなんだ」と萱野が言うと、舜臣は笑いながら首を振った。

「別に嫌いなわけじゃねえよ。できるもんなら、一流企業とやらに入って、社長かなんかになってみたいね」

「就職差別のこと?」と萱野が言った。「でも、この前テレビの特集で就職差別はなくなってきてる、って言ってたよ」

「気にしてくれてありがとよ」舜臣は萱野の肩を優しく叩《たた》いた。

「でもな、もし、俺が一流企業に入れたとしても絶対に社長にはなれねえよ。テレビが善人面してなに言おうと、それは間違いねえ」

「不公平だよな」とヒロシが煙を吐き出しながら、言った。

「でも、それが現実だ」舜臣は新しい煙草に火をつけて、続けた。「だいたい、日本人が日本人を差別してるのに外国人が差別されないはずがねえよ」

「どういう意味？」と萱野が訊いた。

「高卒と大卒が一緒に仕事して、高卒の奴のほうが仕事ができたって給料は大卒の奴に負ける。同じ大卒だって大学の名前で出世競争に差がつく。日本人はそれが当たり前のことだって教育されてるから、目の前の差別が見えてねえ。まあ、見えてねえフリをしてるだけかもしれないけどな」

なんとなくしんみりとした雰囲気になってしまった。舜臣は申し訳なさそうに眉尻《まゆじり》の傷を指で掻《か》いたあと、ドクター・モローの真似をして、おどけたように言った。

「君たち、世界を変えてみたくはないか？」

僕たちは顔を見合わせて、笑った。舜臣は続けた。

「勉強ができりゃこの国の支配層に入れるって誰かが言ってたけど、違うね。勉強ができて日本人じゃなきゃダメなんだ。俺はどうせ目指すならてっぺんを目指してえ。でも、まともな道を歩いてちゃ無理だ。だから、俺は大学には行かねえし就職もしねえよ。アギーの真似じゃねえけど、俺はここところで生きてくんだ」

舜臣は煙草の挟まった人差し指と中指で、自分の頭と上腕二頭筋を順番に指した。

「そこを使って何をするつもり？」と僕は訊いた。

舜臣は曖昧《あいまい》に首を振って、まだはっきりとは決めてねえ、と言った。ヒロシは短くなった煙草を捨て、舜臣の肩を優しく叩き、まっすぐに舜臣の目を見ながら、言った。

「俺がシュショーになったら、絶対に差別のない国を作ってみせるからさ。舜臣の孫の時代ぐらいまでには、きっと作ってみせるよ」

ヒロシは将来首相になることに決めていて、ザ・ゾンビーズのメンバーたちにもそのことを公言していた。みんなもヒロシが首相になることを信じて疑わなかった。

「おまえがシュショーになったら、俺をSPで雇ってくれよ。おまえの弾除《たまよ》けになってやるから」と舜臣が真面目な顔で言った。

「多分、僕は役に立たないから、ヒロシが政治家になる時に必ず投票するよ」と萱野。

僕？

僕は煙草の煙が目に入ったフリをして大袈裟《おおげさ》に目をこすり、なにも言わなかった。ヒロシは舜臣と萱野の言葉に真剣な表情でうなずいた。

僕たちは最後の煙草に火をつけた。宵闇が濃さを増してきていた。遠くの高層ビル群は壁面に取りつけてある赤いランプの航空障害灯を点滅させ、間抜けな飛行機やヘリコプターがぶつからないように警告を発していた。

「綺麗《きれい》だね」と萱野が言った。

「勉強のできる奴らは、あん中で必死に働いてんだろうな」ヒロシが煙草の煙を吐き出して、言った。「俺たちも負けちゃいられねえよな」

舜臣がまたドクター・モローの真似をして、言った。

「努力だ」

4

僕の両親は早稲田と慶応を出ている。子供の頃、両親が早慶戦のシーズンにどっちの応援スタンドで観戦するかをめぐって喧嘩《けんか》するのを見て、早稲田と慶応というのは素晴らしいところに違いない、と思っていた。だから、いずれは自分もそのどちらかに入ることを疑わずに育ってきた。両親もそれを望んでいた。

そんな僕は中学時代、典型的な優等生だった。学生服はちゃんとした既製服を着て、校内にいるあいだはカラーのホックさえも一度も外したことのないような、不良からは程遠い存在だった。偏差値だって母方の祖母の最低血圧値ぐらいはあったし、クラス委員長だってやっていた。しかし、転落はある日突然やってきた。

夏休みが終わったばかりの、中二の二学期のことだった。僕のクラスに女の子の転校生が入ってきた。彼女は古典的な《わけありタイプ》の転校生で、スカートの丈が長く、顔にかかっている長髪の隙間からひとの顔を斜めに見上げる癖があった。でも、長い髪は艶《つや》のある黒髪で、それに、すでに大人の色気を漂わせている美人だった。

男女に限らず、たいていの転校生というのは鮮度の良いうちはモテるようになっているのだけれど、彼女の場合はその容姿にも拘《かかわ》らず、まるっきりモテなかった。彼女がものすごくタチの悪い男たちとつきあっているという噂が校内中に流れていたからで、他校の不良からカツアゲのターゲットになっている僕の中学の男たちは、彼女に近づくことさえなかった。

お約束のように、転校生の彼女はクラス委員長である僕の隣の席に座ることになった。

そもそも、彼女はあんまり学校に来なかったのだけれど、来た時はたいてい居眠りをしていた。居眠りをする時は決まって髪を後ろで一本に束ね、両腕を机の上に組み、その上に小さい顔をちょこんと載せ、僕のほうに顔を向けて眠った。僕は教師にバレないように、いつも彼女の長い睫毛《まつげ》と、スッと通った綺麗な顎《あご》のラインを眺めていた。

「本当に眠くなる人間には、無傷のままの人間に戻る可能性がある」と、なにかの小説の中で誰かが言っていたけれど、彼女はまるでその言葉が本当かどうかを確かめるために眠っているように、僕には見えた。僕は彼女がいた秋のあいだ中、ひっそりと、たまにちんぽこを勃《た》てながら、眠る彼女を見守り続けた。

秋も終わろうとしていたある日、授業が終わって帰宅の準備をしている時、彼女が小さな紙を誰にも気づかれないようにそっと僕に手渡した。彼女はそのまま何事もなかったように教室を出ていった。僕は彼女が出ていって五分経ったあと、ドキドキしながら折り畳まれていた紙を開いた。そこには、「相談したいことがあります。五時に独りで屋上に来てください」とあった。僕は恐ろしさと興奮がごちゃまぜになった気持を抱えたまま、学校の図書館で本を読みながら、五時までの時間を過ごした。ちなみに、僕はその時に読んでいた本を、いまだに覚えている。それは、司馬遼太郎《しばりょうたろう》の『国盗《くにと》り物語』だった。僕なりに気合いを入れようと思ったのだ。でも、どんな内容だったかは、いまとなってはまるっきり思い出せない。

五時。屋上にはコーラを水で薄めたような夕闇が広がっていた。彼女は屋上をぐるりと囲んでいる金網塀に肩を寄せて立っていた。僕はバレないように深呼吸をしながら、彼女に近づいていった。

「相談て、なにかな？」

彼女のすぐそばに立ち、やっとのことで僕がそう言うと、彼女は薄く笑った。闇の中にくっきりとした赤が浮かんだ。

「いつもわたしが寝てるのを見ててくれてるのね。どうして？」

僕はその瞬間に完全に言葉を失《な》くしてしまった。彼女は笑みを深めたあと、僕の肩を押して向きを直し、僕の背中が金網塀にぴったりとくっつくようにした。そして、彼女は細くて長い親指と人差し指を僕の学生服のカラーに這《は》わせ、慣れた手つきでホックをパチンと外した。いつの間にか第二ボタンまでが外され、僕の首筋が剥《む》き出しになった。彼女はそれが自然のように見える滑らかな動きで顔を僕の首筋に近づけ、唇を僕の左の頸動脈《けいどうみゃく》にくっつけた。唇のあいだから舌先が出てきて微妙に動いた時、頭が痺《しび》れ、背筋に電気が走った。吸血鬼に噛《か》まれた人間が同じように吸血鬼になってしまうわけが、その時に分かった。

唇が離れた。彼女は顔を近づけたまま、上目遣いで言った。

「ねえ、こんな窮屈な場所から出ていきたくない？」

翌日、僕は仮病で学校を休み、共働きの両親が出掛けたのを確認して、家出の準備を始めた。ボストンバッグに着るものを適当に詰め込み、学年成績が一位になった時に両親にご褒美で買ってもらった革ジャンを着たあと、「家を出ます。男になります」と書き置きして家を出た。

彼女と待ち合わせた町外れの公園に向かう途中で郵便局に寄り、早稲田か慶応に入ったらアウディを買おうと思って子供の頃から貯めていた貯金をすべて下ろした。しめて三十二万円。その金を握り締めて公園に向かうと、そこには彼女の他に三人の、まるっきり噂通りのものすごくタチの悪そうな若者が待っていた。

結局、公園の汚い便所の中で三十二万と革ジャンをカツアゲされたあと、砂場に連れていかれ、色々なプロレス技の実験台になった。シンナーで歯がボロボロになった男が、「殺す！」と叫びながら放ったドロップキックが僕の顔面に決まり、前歯が折れて出血したのを機に実験台から解放された。

砂に埋もれてうちひしがれている僕に彼女が近寄ってきて、二万円を返してくれた。そして、顔にひどく寂しそうな色を浮かべながら、言った。

「別にチクってもいいよ。どうせ、あたしは誰も知らないとこに行っちゃうんだから」

僕は誰にもチクらなかった。チクる必要もなかった。彼女はその晩のうちに町から三キロしか離れていない場所で、バイク事故で死んでしまったからだ。僕は彼女から返してもらった二万円で差し歯を入れた。

彼女がいなくなって以降、僕はカラーのホックを留めなくなり、授業中に居眠りをするようになった。成績が下がり始め、教師が心配し、両親がどういうわけかよく喧嘩をするようになった。僕は少しのあいだ眠っていたかっただけなのに、誰も黙って見守ってくれようとはしなかった。

その内に父親が浮気相手の部屋のバスルームで石鹸《せっけん》に足を乗せて滑り、頭をバスタブの角にぶつけて意識不明になるという、いまではとうてい流行《はや》らないギャグをかましてくれた。それをきっかけに両親が離婚することになった。僕は母親に引き取られ、毎朝毎晩インスタント食品を食べて過ごした。

ある日、気がつくと、僕は不良と呼ばれるような学生になっていた。高校ぐらいは出てちょうだい、と母親が泣きながら頼むので、出席日数を満たすために学校には行ったけれど、ほとんどの授業を寝て過ごした。中二までの貯金が利いて、どうにか高校に合格することができた。そこで、ヒロシや舜臣やアギーや萱野や山下に出会った。僕はもう授業中には寝ていない。

5

学園祭襲撃予定三週間前に、今年初のザ・ゾンビーズの会合が開かれた。

ザ・ゾンビーズは仲良しクラブではないので、特別な時以外は何の活動も行なっていない。みんな無駄に徒党を組むのを嫌っているのだ。

放課後の教室に集まったメンバーたちは浮かない顔をしていた。ヒロシの入院が長引きそうなのと、聖和側の鉄壁の防御策が知れ渡っていて、また、それに対する策を僕が提示できていなかったからだ。

「すぐにいい案を考えてくれるよ」

舜臣がそう言ってくれたおかげで、みんなの不安も少しは解消されたようだった。ヒロシがいないあいだは舜臣がリーダーの代わりを果たしてくれていた。

僕は寝る間も惜しんで『孫子の兵法』や『世界の冒険小説ダイジェスト』や『東大落城』などを読んだのだけれど、なんの妙案も思い浮かばなかった。単純なことなのだ。ただ、校内に入ればいいだけのことなのだ。でも、それが難しい。学校を取り囲み、テコでも動かないつもりの百五十人をどうやって排除するか。まずはどこかに突破口を見つけることだった。

二週間前、二回目の会合が開かれた。とうとうなんの案も浮かばなかった僕は、恥をしのんでみんなに案を求めることにした。出てきたのは、《地上げ屋戦法》と《鷲は舞い降りた作戦》だった。

《地上げ屋戦法》はダンプで聖和を取り巻くレンガの壁にぶち当たって壊し、そこから侵入するというひどく醜い案だった。《鷲は舞い降りた作戦》はヘリコプターをチャーターし、聖和上空からパラシュートで舞い降りる、というおよそ実現不可能な案だった。

みんな焦っているのか、《地上げ屋戦法》を支持するグループと《鷲は舞い降りた作戦》を支持するグループでちょっとした口論が起きた。地上げのグループは、ザ・ゾンビーズの中の武闘派で、鷲のグループは知性派だった。今回は舜臣の、「それよりもいい案をきっと考えてくれるから」の一言でどうにか口論が収拾され、結局僕の肩にさらに重く責任がのしかかることになった。

二回目の会合の翌日、予想もしない事態が起こった。体育の授業が終わったあと、僕は舜臣を含む何人かと授業で使ったバレーボールを使って『アルゼンチン対ブラジル』のP

K戦をやっていた。マラドーナ役の僕がゴールを決め、天を仰ぎながら胸の前で十字を切っている時、体育教官のマンキーが体育館に戻ってきた。生徒たちに裏で《マンキー》と呼ばれている猿島《さるじま》は民族系の体育大学の出身で、脳味噌《のうみそ》も筋肉でできている大馬鹿野郎だ。授業中に舜臣とアギーをいじめるのをなによりの楽しみにしていて、一年坊主の時にいじめられたアギーが、「ファッキン・マンキー（モンキー）」とつぶやいた時から、マンキーと呼ばれるようになった。

その日、マンキーは機嫌が悪かった。バレーボールを蹴《け》っているのを見つかった僕らは、「バレーボールはサッカーボールではない」という、まるっきり付け入る隙のない正論を理由に、まずビンタを食らった。その後、《S子の部屋》と生徒たちに呼ばれている体育教官室に連れていかれ、正座をさせられた状態でみぞおちにトーキックを三発ずつ入れられた。このトーキックがメガヒットすると、たいていの奴はムギュウとかギャッとかブボッとか、マンガの吹き出しのような呻《うめ》き声を上げるのだけれど、舜臣だけは違った。鼻から息を吐き出すだけで、決して声を上げない。マンキーはそれが気に食わず、舜臣だけを立たせ、ビンタを五発放った。舜臣の体はびくとも揺れなかった。マンキーは負け惜しみで、「チョーセン人はさすがに我慢強いな」と嘲《あざけ》るように言った。舜臣はその言葉に、ニヤリと笑って応えた。そして、舜臣が正座の列に戻ろうとマンキーに背を向けた時、マンキーがその背中に、「このオカマ野郎」と浴びせた。列にいる僕たちは息を飲んだ。舜臣の眉尻《まゆじり》の傷が一瞬にして真っ赤になったのが見えた。マンキーは間違えていた。「バレーボールはサッカーボールではない」ように、「舜臣はオカマ野郎ではない」のだ。舜臣が通っていた民族学校では《オカマ野郎》と呼ばれて喧嘩《けんか》をしない奴はいじめられっ子にならなければならないという不文律があり、そう呼ばれると条件反射的にパンチが出るように成長していく。

そんなわけで、瞬時に振り向いた舜臣はマンキーの下顎《したあご》の部分に体重の乗った右フックを叩《たた》き込んだ。三半規管が瞬間的に麻痺《まひ》してしまったマンキーは、平衡感覚を失って膝《ひざ》からがっくりと崩れ落ちた。舜臣は頭頂部の髪の毛を摑《つか》んでマンキーを強引に引き起こし、今度は鼻の部分を集中して殴った。グシャ、という音を立ててマンキーの鼻が潰《つぶ》れると、舜臣は的を変え、腎臓《じんぞう》のあたりを殴り始めた。マンキーは完全に意識を失っていて、鼻からはものすごい量の血が噴き出ていた。僕は頃合を見計らい、止めに入った。他の連中がマンキーを医務室に運び出している最中、舜臣は教官室の椅子にがっくりとうなだれて座り、泣きそうな声で僕に言った。

「全部、無駄になっちまったよ」

『自省録』も『善の研究』も『エックハルト説教集』もオットーの『聖なるもの』もベン

ヤミンの『暴力批判論』もなにもかもが、マンキーの一言で舜臣の頭から消し飛んでしまった。僕は舜臣の肩を叩きながら、言った。

「また読めばいいじゃん」


襲撃予定一週間前に三回目の会合が開かれた時、そこにはヒロシの姿も舜臣の姿もなかった。舜臣はマンキーの一件で一週間の停学を食らっていた。体育教師たちは強硬に退学を主張したそうだけれど、舜臣を高く買っている文科系の教師とドクター・モローが固いラインを組み、どうにか一週間の停学で押し切ってくれた。もちろん、舜臣が退学になっていたら、ザ・ゾンビーズは総力を結集してマンキーの言動を糾弾するつもりでいた。

教室の中には不穏な空気が流れていた。僕は相変わらず案を提示できずにいる自分に腹を立てていたし、他のみんなはヒロシと舜臣がいないことで昂《こう》じる不安を苛《いら》立《だ》ちにして表していた。

集まってほどなく、武闘派と知性派の口論が再燃した。僕は教壇に立ち、両派の口論をうんざりしながら眺めていた。時々、僕が、「無駄な言い争いはするな」と声を掛けても、誰一人としてその言葉に耳を傾けてくれようとはしなかった。情けなかった。ヒロシや舜臣と僕のあいだにある差はいったいなんなのだろう？

武闘派の迫力が知性派を圧倒し、《地上げ屋戦法》が採択される形勢になってきた。しかし、武闘派も自分たちの案が実現すると思っているわけではなく、要するに知性派との確執で引っ込みがつかなくなっているだけだった。結局、最後の選択権が僕に巡ってきた。僕は冗談でもヤクザがするような真似を採択するつもりはなかった。ザ・ゾンビーズはそんな野蛮な組織ではないのだ。

「なあ、どうするよ!」

結論を急《せ》かされた僕は、大きな声で言い返した。

「その作戦は、この前の会合でオミットしたろう!」

僕は教壇に立っていたから、みんなの姿がよく見えた。僕はその時の光景を一生忘れないだろう。みんながみんな同じ方向に小首を傾げ、ぼんやりと僕を見ているのだ。まるで初めてビデに遭遇した幼稚園児が遠くから、これはなんだろう、と眺めているように。

しばしの沈黙のあと、山下がみんなを代表して訊《き》いた。

「オ、オミットってなあに?」

ようやくヒロシや舜臣と僕のあいだにある差が、なんなのか分かった。僕はなんだかんだ言っても優等生だったむかしの癖が抜けず、こっそりと受験勉強をして大学に入ろうと目論《もくろ》むような奴だった。『試験に出る英単語』かなんかに載ってる《オミット》なんて単語が、自然に口から出るような奴だった。なんの案も出せずにいるくせに、みんなよりも一段高い場所でものを考えてるつもりでいい気になって、みんなが真剣に考え出した案をハナからバカにして無視してるような奴だった。たぶん、僕みたいな奴は、将来、自分でも意味がよく分かってないような英単語をさりげなく会話に盛り込んだりして、いい気になるのだろう。クソくらえ。

教室のどこかから、ボソボソとした低い声の会話が聞こえてきた。

「きっと、ウサギのことだよ」

「それは、ラビットだろ」

「そうか」

「バカ」

「うるせえ」

僕は声を上げて、笑った。僕はみんなの戸惑いに構わず、笑い続けた。笑い過ぎて、目に涙が浮かんできた。僕は滲《にじ》んだ視界を通して、みんなの顔を見た。僕がみんなに笑みを向けると、不思議そうに僕を眺めていたみんなの顔にも、ニッコリとした笑みが浮かんだ。一瞬にして、僕の中から小賢《こざか》しい知恵が吹っ飛んだ。なんのことはない。相手の防御を崩す突破口は、いつでも目の前にあったのだ。

　僕は教壇から下りたあと、みんなにある案を提示した。それは愚かで野蛮で勝ち目が極端に薄い案だったけれど、僕たちにはぴったりに思える作戦だった。多くの犠牲者が出るはずのその案を、みんなはなんの疑問も示さずに了解してくれた。正直に言えば、その時の僕たちには女のことなんてもうどうでもよくなっていた。僕たちはただ、百五十人の敵に背を向けるわけにはいかなかったのだ。

6

　何日かかけて、みんなと作戦の詳細を詰めた。何度かアギーに会い、最新情報を買った。

「聖和の女たちは、おまえらがどんな手で来るのか楽しみにしてるみたいだぞ」

「ほんとかよ?」

　アギーはうなずいた。「おまえたちの話題で持ち切りらしい」

　嬉《うれ》しさ半分、プレッシャー半分だった。アギーに作戦に必要な頼み事をした。特殊な頼み事だったので料金の交渉が長引いたけれど、結局、二千五百円で落ち着いた。アギーの専用テーブルを離れる前に、むかしから訊きたかったことを訊いた。

「どうして、おまえみたいな奴が高校になんか来てんだ？」

もちろん、いい意味で訊いたのだ。アギーは、ホワット・ア・フール・ユー・アー、という表情を浮かべて言った。

「おまえみたいな友達が欲しかったからだよ」

一瞬、抱かれてもいい、と思ったけれど、すぐに思いを打ち消した。

襲撃予定三日前、作戦内容を報告しに僕が代表でヒロシに会いに行くことになった。

放課後、僕の高校の最寄り駅のホームで電車を待っていると、後ろから肩を叩《たた》かれた。振り向くと、ドクター・モローが柔らかい笑みを浮かべて、立っていた。方向が同じだったので一緒に電車に乗った。

「今年は、どんな風なんだい？」とドクター・モローに訊かれたので、作戦の大まかな内容を話した。それを聞いたドクター・モローはよく通る声で、愉快そうに笑った。僕はドクター・モローにむかしから訊きたかったことを訊いた。

「先生には、お子さんがいらっしゃるんですか？」

ドクター・モローの遺伝子戦略の結果を知りたかったのだ。ドクター・モローはひときわ柔らかい笑顔を浮かべたあと、言った。

「僕は母親のおなかにいる時に広島で被爆してね、そのせいかどうか髪の毛がこんなになっちゃったよ」

ドクター・モローは笑顔を浮かべたまま、ちぢれた白髪に手を触れた。

「体のほうは大丈夫なんですか？」と僕は訊いた。

ドクター・モローはうなずいた。「でもね、やっぱり子供を作るのは恐くてね。僕の奥さんは作ろうって、言ったんだけれども……」

それから、ドクター・モローは奥さんと頬を寄せ合って納まっている写真を手帳の中から出して、僕に見せてくれた。電車が減速し、僕が下りる駅に着いた。ホームに下りたあと、電車の中でにこやかに笑っているドクター・モローに向かって、頭を下げた。信じられないかもしれないけれど、高校に入って目上の人間に頭を下げたのはそれが初めてだった。ドクター・モローが軽くうなずくのとほとんど同時に扉が閉まり、電車は走り去って行った。

病院に着いてまず、ヒロシのお母さんからヒロシの手術が決まったことを聞かされた。予定日は偶然か必然か、ちょうど聖和襲撃の日だった。予定時間を聞くと、僕たちの襲撃時間より二時間ほど遅い時間だった。しかし、一時間前には手術室に入っていなくてはならないらしい。僕はお母さんに襲撃時間を告げ、その時間には必ずヒロシと一緒に屋上に居て欲しい、と頼んだ。

「何が起こるの？」とお母さんは訊《き》いた。

「居てくれれば分かります」と僕は力強く言った。

お母さんは、しょうがないわねえ、といった感じで微笑み、うなずいた。

ヒロシと屋上に上がり、煙草を吸いながら作戦の話をすると、ヒロシも、楽しそうだな、と気に入ってくれた。何本か煙草を吸ったあと、作戦の仕上げのために必要なので、ヒロシのジッポーを借りた。

夕刻の訪れとともに空模様が怪しくなってきて、ひと雨きそうな雰囲気だった。屋上にいた人たちはみんな、ぞろぞろと引き揚げていった。僕もそろそろ帰ろうかと思ったけれど、ヒロシの様子がなんとなくいつもより沈んでいる気がして、ベンチから腰を上げられずにいた。ヒロシはなにを喋《しゃべ》るでもなく、ずっと先のほうに見える高層ビル群をぼんやり眺めていた。

「そうだ。忘れてた」

僕がそう言うと、ようやくヒロシの視線が僕に戻った。

僕はズボンのポケットから財布を取り出し、中に入れてあった一週間前の新聞の切り抜きを、ヒロシに渡した。

ヒロシは切り抜きに書いてある記事の見出しを見た瞬間、爆笑した。

《新宿区に野生のサルが出現　通りすがりの男子高校生サルに殴られ失神ＫＯ》

もちろん、被害者の男子高校生は史上最弱のヒキを持つ男、山下。

ヒロシはおなかを抱えたまま、時には息ができずに苦しそうに笑い続けた。

「山下には、ヒロシには教えないでくれ、って頼まれてたんだけどさ」と僕は言った。

「そんなの無理に決まってるよな」

ヒロシは、うんうん、とうなずき、世界中の人に教えてまわりたいよな、と言った。

ようやくヒロシの笑いの波が収まった時、空から雨が落ちてきた。小さいくせに、やけに冷たい粒だった。やっぱり降ってきたな、と僕が言って、ベンチから腰を上げても、ヒロシは動こうとはしなかった。ヒロシの顔にさっきまで貼りついていた笑みは、どこにも見当たらなかった。僕はまたベンチに腰を下ろした。

「どうした？」と僕は訊いた。

「あのさぁ、最近よく考えるんだよな」とヒロシはうつむきながら、独り言のように言った。

「なにを？」

「自分にガキが生まれてさぁ、そいつが男の子で、もしゲイだったらどうしようって」

「なんだそりゃ」

「おまえならどうする？」

「いきなりそんなこと訊かれてもなぁ。おまえはどうなんだよ？」

「俺はさ、ゲイでも愛しちゃうと思う。やっぱり自分のガキだもんな、絶対かわいいに決まってんだ」

ヒロシは僕の顔を見て、照れたような笑みを浮かべた。そして、ヒロシはその笑みを保ったまま、続けた。

「個室にさ……、医者が個室に移ろうって言うんだよ」

雨足が強くなってきていた。

「相部屋より個室のほうが自由でいいじゃん」と僕は何気なしに言った。

ヒロシは笑みを深めて、言った。

「個室に移ってった患者はみんなすぐに死んじゃうんだよな。入院患者はみんな言ってるよ。個室に移ろう、って医者が言うのは死刑宣告と同じだ、って……」

僕の心臓が猛スピードのビートを叩き始め、雨足はさらに強くなり始めていた。ヒロシは僕の戸惑いを感じ取り、顔をクシャクシャに歪《ゆが》めることで一層深めた笑みを僕に向けた。深く刻まれた目尻《めじり》の皺《しわ》に雨粒が落ち、一瞬だけ留まったあと、頬に流れ落ちた。ヒロシは言った。

「俺、泣きそうだぜ」

僕はヒロシに気づかれないように胸の中で深い息を吐いた。そして、腰を動かしてヒロシにぴったりと寄り添い、ヒロシの肩を抱いた。ヒロシは僕の胸に顔を埋めた。

「俺、まだ死にたくねぇよ」

ヒロシは僕の心臓に向かって、そう言った。僕はそれに応えて、おまえが死ぬもんか、と言った。確かな裏づけなんて小指の爪の先ほどだってなかったけれど、知ったこっちゃない。

本降りになった雨からヒロシを守るために、左手でヒロシのハゲた頭を、右手で肩を強く抱え込んだ。

もしも——、と僕は思った。

もしも、神様が本当にいるなら、こいつを助けてやってくれ。それが無理なら、せめてこの雨を止ませてくれ。俺の体はちっぽけで、こいつの体が濡《ぬ》れないように守ることができないんだ……。

僕たちは同じ体勢のまま、なにをするでもなにを話すでもなく、ただじっとしていた。屋上の照明がいっせいに点《つ》いたのをきっかけに、僕たちは体を離した。そして、へらへら笑いながら、ひとが見たら立派なゲイのカップルに見えただろうな、なんて軽口を叩《たた》いた。ヒロシは持ったままでぐしょぐしょに濡れてしまった山下の新聞の切り抜きを、これ、お守りにするんだ、と言いながら、破れないようにそっと折り畳んだ。お守りになるかどうか微妙な気がしたけれど、それは言わないでおいて、その代わりに、病室に戻ろう、とヒロシに提案した。

屋上を出ようとすると、ヒロシが突然思い出したように、そうだ、立ちションしようぜ、と言い、金網塀に近づいて行った。しょうがなく僕もつきあうことにした。僕たちはほとんど新品のちんぽこを出し、遠くの高層ビル群を眺めながら、金網塀に向かってションベンをした。雨の中の立ちションはなかなかオツなものだった。僕たちのションベンは湯気を立てながら、勢い良く前へと飛んでいった。湯気は雨にも負けず、顔のほうまで漂ってきて僕たちの鼻をくすぐった。ヒロシは思い切り湯気を吸って、満足そうに微笑みながら、言った。

「生きてる、って感じがするなぁ」

7

襲撃決行日当日。日曜日。晴れ。午後五時。

僕たちは大久保三丁目にある、戸山公園の広場に集合した。メンバーたちは時間通りに、思い思いの服装で集まってきた。中にはブルース・リーが『死亡遊戯』の中で着ていた、黄色地に黒のラインが入ったトラック・スーツを身に着けている奴もいた。そんなわけで、公園の中にいた親子連れなどは、いったいなにが始まるんだろう、といった感じで遠巻きに僕たちを眺めていた。

四十七人全員が集まったのを確認して、僕は集合をかけた。みんな不良座りをしながら、僕のことを見上げていた。僕は大きく深呼吸したあと、言った。

「諸君、『持久戦について』などの戦術書をものした毛沢東は、その語録の中でこう言っている――」

みんなが唾《つば》をゴクリと飲み、身構えたのを確認して、僕は続けた。

「ギョウザ大好き!」

みんなはいっせいにその場で飛び上がりながら、「ギョウザ大好き!」と楽しそうに叫んだ。そして、こぶしを天に向かって突き上げながら、「ギョウザ!　ギョウザ!」とギョウザ・コールを連呼した。遠巻きに見ていた親子連れの子供たちはみんな泣き出し、親たちは一刻でも早く僕たちから離れようと、子供の腕を強引に引っ張っていた。ちなみに、一昨年は孫子が「ピータン大嫌い!」で、昨年は諸葛孔明《しょかつこうめい》が「フカヒレ食べたい!」だった。

おおいに盛り上がって楽しんだ僕たちは、ギョウザ・コールを拍手で打ち切り、戸山公園を出、北へ進路を取った。戸山公園から北へ一・五キロほど行った場所に聖和女学院があるのだ。

みんなは別に整列するでもなく、大勢で固まるでもなく、思い思いに小さな固まりを作りながら歩いていた。僕がデイパックを担いでいるほかはみんな身軽な装いで、中には時々バック転をしたり、電信柱にまわし蹴《げ》りを入れたりしながら、歩いている奴らがいた。僕は最後方からそれを見守っていた。

行程を半分ほど行った時、萱野が僕の横に並び、赤ちゃんのようにふくよかな笑みを浮かべながら、言った。

「ほんとに楽しいね」

萱野の親父さんはむかし旧国鉄に勤務していて、萱野の言うところの《日本一の車両技師》だった。でも、民営化の時にクビを切られた親父さんは数年で重度のアル中になった。ある日、親父さんは家に訪ねてきた福祉事務所の役人を包丁で刺してしまい、矯正施設に入れられアル中を治したあと、刑務所に服役することになった。萱野は一年のほとんどを製本所のバイトに費やし、ジャンプやマガジンを製本しながら家計を助けて親父さんの帰りを待っている。そんな萱野が前もって休みを入れているのは聖和襲撃の日だけだった。

僕は萱野の頭を乱暴に撫《な》でながら、言った。

「愛してるぞ」

「うん、分かってる」

道の先のほうに、人を威圧するように高くそびえている赤レンガ塀が見えてきた。その先の校門付近には黒い人だかりが見えた。徐々に近づくにつれて、その黒さが学生服の黒であることが分かってきた。レンガ塀に沿ってゆっくりと歩いている時、僕は前を歩くみんなに向かって言った。

「アギーの情報によると、あいつら、ガードマンの見返りに聖和の女たちと合コンするらしいぞ」

凶暴な雰囲気が伝わってきた。僕はさらに煽《あお》った。

「あいつら、将来、商社か広告代理店なんかに入って、スチュワーデスとかモデルと合コンする気だぞ」

みんなの怒りのメーターがさらに上がったのが伝わってきた。許せねえ、と地中から這《は》い上がってきたようなドスの利いた声が、あちこちから聞こえてきた。

僕たちの先頭が正門から三十メートル前ぐらいに差しかかったのを見計らい、聖和の教師たちはまずチケット収集用に置いてあった長机とチケット係の女の子を校内に避難させた。次に、学生服の体育会連中だけを校外に残したあと、レール式の鉄扉をガラガラと引き、デカい大理石の門柱にガチャンとぶつけて閉じた。鉄扉は高さが一・五メートルぐらい、幅が六メートルぐらいあった。その鉄扉の前に百人近くはいる体育会連中が蟻の這い出る隙間もないぐらいガッチリと隊列を組んで、陣取った。

僕たちは正門の前に辿《たど》り着き、四十七人全員が小さくまとまった。体育会連中とは五メートルぐらいの間隔を置いて、対峙《たいじ》した。連中のカラーのホックはきっちりと留まっていた。鬱陶《うっとう》しい連中だ。

僕は腕時計を見た。五時四十五分で、作戦決行にはまだ十五分ほどあった。僕たちは、襲撃は学園祭の最終日の午後六時というルールを決め、これまでその通りに実行してきた。

僕たちはあくまで異質な侵入者であり、聖和の女の子たちの学園祭を台無しにする権利がないのを、きちんと心得ていた。

深い秋の夕闇が次第に濃くなってきて、校内から放射されるハロゲンライトの光が僕たちの最後の舞台を明るく照らしていた。自分たちを睨《にら》んだまま突っ立っている僕たちの真意が読み取れないのか、黒い連中の顔には緊張と戸惑いの色が濃く見えていた。十分前になると、歩道の端のほうに大勢の野次馬の姿が見え始めてきた。恒例になっている僕たちの襲撃に合わせて、自分たちもどうにか潜り込もうと集まってきている連中だった。僕の高校の連中の顔もいくつか確認できた。

五分前、先頭にいた舜臣が最後方にいる僕のところへ近づいてきた。舜臣は白いヘンリーネックのTシャツに着古したジーンズ、それにごついワークブーツを履いていた。舜臣はもうすでに真っ赤になっている眉尻《まゆじり》の傷を照れ臭そうに指で掻《か》きながら、言った。

「俺、プロゴルファーになろうと思ってんだ」

「そうか」

「強くなって、世界を転戦してまわるんだ。日本は狭いよ」

「俺はめちゃくちゃ勉強して医者になるよ。医者になってヒロシの病気を治すんだ」

僕と舜臣は、へらへらと笑った。僕は腕時計を見て、あと二分だ、と舜臣に言った。舜臣はうなずき、先頭に戻っていった。

六時一秒。舜臣が僕たちの集団を独り抜け出し、体育会連中に三メートルの距離まで近寄って、歩を止めた。舜臣はまず片手を上げ、体育会連中に無言でピースサインを向けた。そして、すぐにそのピースサインを水平に倒すと、二本の指をクニクニと動かしながら、言った。

「おまえら、油断してると目ん玉くり貫《ぬ》いちゃうからな」

黒い連中の隊列が、ザワッと波立った。舜臣はすかさずピースサインの手を口の端にあて、「アワワワワワ！」というインディアンの雄叫《おたけ》びを上げた。黒い連中の目が異端を見た驚きで丸くなるのが分かった。腰が引けていた。舜臣は叫んだ。

「ジェロニモ！」

舜臣は黒い隊列にマッハの勢いで突っ込んでいった。隊列に取り付くと、瞬く間に左右のフックを繰り出し、二人をなぎ倒した。それを見ていたメンバーたちから、ウォーッ！　という勝鬨《かちどき》に似た叫び声が上がった。そして、メンバーたちは次々と自分たちのヒーローの名前を叫びながら、隊列に突っ込んでいった。

「ブルース・リー！」

「ジョン・コルトレーン！」

「カート・コバーン！」

「マイク・タイソン！」

「シャクシャイン！」

「トレイシー・ローズ！」

ちなみに、『トレイシー・ローズ』とは、僕の高校で普及率九五パーセントを超える裏ビデオ『人魚姫』の主演女優である。

今年の作戦は去年にもまして単純で、百五十人の敵を闘って打ち負かし、正々堂々と正門から入っていこう、というものだった。名付けて、《正門突破》。

僕の前から次々と仲間がいなくなっていき、ついに一人もいなくなった。僕は闘いに参加したい気持をどうにか抑えて、瞬きもせずにみんなの闘いを見つめていた。みんなは人数の差をはねのけ、相手方を押し込むほどの勢いを持っていた。舜臣は鬼のように動きまわり、相手を捻《ひね》り倒しながら、どうにか鉄扉に取り付こうとしていた。鉄扉の前の隊列が完全に崩れ、格子状の鉄扉の隙間から向こう側が見えた。そこには、聖和の女の子たちが鈴なりになって闘いを見守っている様子があった。しかし、騒ぎに感づいて、壁からの侵入を防ごうと散っていた残りの体育会連中五十人あまりが正門に殺到し、また鉄扉の向こう側の風景を隠した。それと同時に、僕たちの側が明らかに劣勢になったのが分かった。

なんとか鉄扉に取り付いた舜臣が三人がかりで引き離された。ガッンガッン、という音があちこちで上がり、メンバーが殴られている様子が見える。

圧倒的な劣勢が訪れた。僕が両方のこぶしを握り、メンバーに檄《げき》を飛ばそうとした時、それは起こった。高くそびえるレンガ塀の上から、嬌声《きようせい》がどしゃ降りのように降ってきたのだ。見ると、どうやって上ったのか、聖和の女の子たちが塀の上にずらっと座り、「頑張って！」とか、「キャーッ！」とか、そんな声を楽しそうに上げていた。

女の子たちの声で闘いが一瞬だけ止まり、またすぐに再開した。メンバーの顔には精気が溢《あふ》れ、黒い連中には戸惑いが浮かんでいた。そして、次の瞬間にそれは起こった。今度は歩道の端のほうから、「ウオーッ！」という野太い叫び声が上がったのを合図に、遠巻きに眺めていた連中が正門に殺到し始めたのだ。どうやら、女の子たちの声援が連中を衝《つ》き動かしたようだった。闘いに参加すれば、電話番号ぐらいは聞けるとでも思ったのかもしれない。

数の劣勢が埋まり、ほぼ互角の闘いになってきていた。みんなはそれぞれに敵を見つけて、基本的には一対一で闘っていた。でも、ある場所ではどういうわけか人だかりができていて、大勢が揉《も》み合っていた。目を凝らして、人だかりを見た。中心にいるのは、史上最弱のヒキを持つ男、山下だった。山下は五人ぐらいの敵に囲まれて、腕や髪の毛を引っ張られたり、お尻を蹴《け》られたりしていた。山下はいまにも泣き出しそうな表情で、最後までこれかよーっ！　と叫んでいた。

あはははは。

ヒロシ、いま、俺たちの世界は、正常に機能してるよ。

おまえにも見せたいよ。

メンバーたちの活躍で、再び鉄扉の格子が見え始めた。徐々に黒い連中の多くがふたつの門柱を結んだ枠から弾《はじ》き出され、鉄扉の様子がクリアになってきた。舜臣が鉄扉の把手《とって》を摑《つか》んだのが見えた。ガチャン、という音が鳴り、重そうな鉄扉がゆっくりと右にスライドし始めた。それと同時に、女の子たちが空気を大きく震わせるような歓声を上げた。メンバーたちは黒い連中を門柱の枠から押し出そうとするグループと、鉄扉を開けている舜臣をカバーするグループに分かれ、必死に闘っていた。鉄扉が徐々に開かれていき、そして、とうとうもう一方の門柱の奥に押し込まれ、完全に姿を消した。

ガチャン！

その音とともに闘いも止み、女の子たちの嬌声も止んだ。僕はモーゼの紅海の道のように敷かれている、僕の前の細い道を見た。僕は大きく深呼吸をしたあと、その道に足を踏み込み、走った。正門に辿り着こうとした時、どうにか均衡を保っていた敵味方の押し合いの小さな山が崩れ、僕の道を塞《ふさ》いだ。僕は地面を思い切り蹴って、跳んだ。障害物を越えたのと同時に、耳に痛いほどの歓声が湧き起こった。正門をくぐり、校内に入った。中庭にも女の子たちと客たちのふたつの列が左右にきちんとできていて、僕の道がぽっかりと開いていた。校内にいる教師たちに捕まらないよう、全力疾走した。右手前方に、アギーの姿が見えた。アギーが手を上げた。それに合わせて、僕も手を上げた。どうやら、鍵《かぎ》が間に合ってくれたようだ。アギーは走ってくる僕目掛けて、タイミングよく鍵を投げた。僕は鍵をうまい具合にキャッチして、止まることなくアギーの前を走り抜けた。僕の背中にアギーの声が掛かった。

「ゴウ（ゴー）！　ゴウ（ゴー）！」

広い中庭を駆け抜け、正面にある一番背の高い校舎の入口に取り付いた。見物している女の子たちをひたすらかき分けて校舎の中に入り、今度は階段に取り付いて、ひたすら上った。たまにかかる、「頑張って！」という声が、次第に重くなっていく僕の両足を確実に上に上げ続けてくれた。

五階分の階段を上り切り、屋上入口のドアに辿《たど》り着いた。アギーから手に入れた鍵をドアノブに穿《うが》ってある鍵穴に差し込み、右に捻った。ガチャッ、という音が鳴り、施錠が解けた。鍵を抜きながら鉄製のドアを押し開け、屋上に足を踏み入れたあと、再び鍵を使ってドアの鍵を締めた。

照明が灯《とも》っていない屋上は濃い闇に覆われていた。僕は屋上のほぼ真ん中あたりまで行き、背中からデイパックを下ろして地面に置いた。そして、ジッパーを開け、中に入っている『百五十連発打ち上げ花火・乱れ打ち』を四本と、ヒロシのジッポーを取り出した。『乱れ打ち』を一本片手で摑み、花火の導火線を引き出した。ヒロシのいる病院はここから直線距離で三キロ。きっと、見えるはずだ。

ヒロシの病院の方角を確かめて体を向けたあと、指を使ってジッポーの蓋《ふた》を勢い良く弾いた。カチリ、と渋い音を立ててジッポーの蓋が開いた。火打ち石を擦ろうとした時、水が火打ち石の上に落ちて、湿らせた。雨か、と思って天を仰いだけれど、雲ひとつない月夜だった。月の輪郭が滲《にじ》んでぼやけているせいで水の正体が分かった。僕はへらへらと笑い、火打ち石を勢い良く擦った。火が灯った。火を導火線に近づけ、灯した。シュルシュル、という音とともに火が導火線を駆け上がった。

ポン！

まずは青い火種が闇を切り裂いた。次は赤、次は緑、次はオレンジ、次は黄色……。僕は花火の太い胴体から伝わってくる心地いい衝撃を感じながら、女の中に射精するのもこんな感じなのかな、と思った。僕は病院の屋上で見た、ヒロシの新品同様のちんぽこのことを思い出した。

なあ、ヒロシ、見えてるか？
俺たちはやったぞ。
おまえが死ぬもんか。
なあ、見えてるだろ？

中庭から、「たまやー！」という声が湧き上がり、天高くまでのぼったあと、花火の色とともに溶け合った。

8

ヒロシは襲撃からひと月も経たないうちに、死んでしまった。

僕はヒロシが死ぬ十二時間前に、ヒロシと最後の会話を交わした。その時にはヒロシの体の中にいる『悪いカビ』は脳にまで転移し、視神経をやられてしまったヒロシは目が見えなくなっていた。僕たちはずっと、あの日の花火の色について話した。

襲撃のあと、ザ・ゾンビーズのメンバーは全員一ヵ月の停学を食らった。その代わり、二十八組のカップル成立という快挙を生み出した。

ザ・ゾンビーズは卒業を機に、解散する。解散までにみんなでヒロシの墓のある沖縄に行こう、と約束を交わしたけれど、まだ実現していない。

ラン、ボーイズ、ラン

最後の襲撃から、三ヵ月が経った。

僕たち、『ザ・ゾンビーズ』は、一部のマニアから《秘密の花園》と呼ばれ侵入困難な『聖和女学院』の学園祭に乱入し、女の子たちのナンパに成功した。ちなみに、典型的オチコボレ男子高の僕たちの高校は、地域住民から《野生の王国》と呼ばれている。僕たち自体は、学歴社会の《生きる屍《しかばね》》という意味で《ゾンビ》と呼ばれたり、《アメーバ》と呼ばれたりしている。つまり、《単細胞》、ということだ。

単細胞の僕たちは、単細胞なりのやり方で聖和の女の子たちをゲットし、現時点で四十七人のメンバー中、三十六組のカップルを生み出していた。

僕たちは卒業を間近に控えていて、ザ・ゾンビーズは卒業を機に解散するのだけれど、まだやり残したことがあった。僕の親友であり、ザ・ゾンビーズのリーダーでもあった板《いた》良《ら》敷《しき》ヒロシが、最後の襲撃に参加できずに死んでしまい、僕たちはその墓参りのために、ヒロシのお墓がある沖縄に向かわなければならなかったのだ。ちなみに、ヒロシの死因は急性のリンパ性白血病だった。

そんなわけで、僕たちは最後の襲撃が原因で食らうことになった一ヵ月の停学期間と冬休みを利用してアルバイトをし、旅行資金を稼いだ。あとは、沖縄行きのチケットを手に入れ、卒業式が終わってすぐに沖縄に飛べばいいだけ、のはずだった。しかし、なんの因果か、ことはそんなにうまく運ばないのであった——。

最近知ったのだけれど、《アメーバ》というのは、元はギリシア語で《変化》の意味なのだそうだ。

これから僕が話そうと思っているのは、僕たちのちょっとした冒険譚《たん》であり、また、僕たちの《変化》に関する物語だ。

1

確か、何かの本にこんなことが書いてあった。

『幸せとは、欲望が停止し、苦痛が消滅した負の状態である』

僕の目の前には、その負の状態がまざまざと広がっていた——。


冬休みが明け、三学期が始まってすぐの月曜日、『ザ・ゾンビーズ』は学校の空き教室で会合を持った。全員で集まるのは久し振りのことだった。

僕は教壇の椅子に座り、メンバーの様子をじっくりと窺《うかが》っていた。メンバーのほとんどの顔には、ガラガラを与えられた赤ん坊のふくよかな笑みが浮かんでいて、口から出る言葉といえば、おシャレなカフェを知ってたら教えてくれとか、ディズニーランドでダブルデートをしようとか、彼女とペッティングまでいったとか、そういったふぬけたものばかりだった。そして、時折、ピルルルル、と携帯電話のベルがところどころで鳴り響いた。一応、ザ・ゾンビーズは携帯電話とカラオケと巨人軍を憎悪しているという共通項で結ばれた、硬派な連中の集まりのはずだったのに……。

僕がザ・ゾンビーズの終末の風景を打ちひしがれながら眺めていると、教室の一番後ろの席でウラジミール・ジャンケレヴィッチの『死』を読んでいた舜臣《スンシン》が、パタンと本を閉じ、言った。

「そろそろ始めようぜ」

教室が静まったあと、進行役の僕はまず、沖縄行きの旅行資金が目標金額に達したのを告げた。メンバーから短い歓声が沸いた。あとは旅程をきっちりと詰めるだけになって、僕がみんなからの提案を受け付けようとした時、メンバーの山下がおずおずと手を挙げた。

「どうした？」と僕が訊《き》くと、山下は椅子から立ち上がり、「俺の親戚《しんせき》に旅行代理店に勤めてる人がいるんだよね」と言って、その親戚に頼めば旅行代金が格安になるという話を持ち出した。悪い話ではなかったので、僕たちはその話に乗ることにした。

メンバーが浮いたお金をなにに遣うかで盛り上がり始めた時、相変わらず立ったままの山下が意を決したように、大きな声で言った。

「ただし、その親戚を使うにはひとつの条件があるんだ」

みんなの話し声が止んだ。僕が「どんな条件だよ」と山下を促すと、山下は巣穴から出てきた齧歯類《げっしるい》の小動物のように注意深い感じでメンバーの顔をキョロキョロと見まわし、言った。

「……旅行代金の支払いを、俺ひとりに任せること」

山下の発言が終わるか終わらないかのタイミングで、「ふざけるな！」という声が四方から飛んだ。山下はその声に感電したように、身体をビクッと震わせた。山下が助けを求めて、僕の顔を見た。僕はゆっくりと、かつ、断固とした感じで首を横に振った。

山下は《史上最弱のヒキを持つ男》として有名だった。たとえば、クラス全員がカンニングをしているのに一人だけ捕まるし、大勢で歌舞伎町《かぶきちょう》を歩いていても決まって一人だけヤクザにぶつかってからまれる。たとえば、ザ・ゾンビーズは疾風《はやて》のように現れて疾風のように去っていく無名ゲリラ集団を気取っていたのに、聖和への二回目の襲撃の時、山下だけが警備の教師に捕まったことで僕たちの氏素性が白日のもとに晒《さら》されてしまったのだ。

「おまえがこれまで落としてきた金をぜんぶ合わせたら、いくらぐらいになるよ？」

僕がそう訊くと、山下は道端の犬の糞《ふん》を踏んでしまったような表情を浮かべた。「そらみろ」という声が四方から飛んだ。でも、僕にはひとつの疑問があって、自分のヒキの弱さを十分知っているはずの山下が、どう考えたってみんなの了解を得られない条件をなぜ持ち出したかということだった。

「どうしてひとりじゃなきゃダメなんだ？」と僕は訊いた。

山下は眉間《みけん》にキュッと皺《しわ》を寄せて、言った。

「俺は将来《信金王》になりたいんだよね……」

山下は卒業後に信用金庫への就職が決まっていた。そして、今回の金の持ち運びを無事に成功させ、就職後の営業活動への、さらには将来の野望への自分なりの試金石にしようということらしかった。

僕は教壇に立っていたのでメンバー全員の顔がよく見えたのだけれど、山下が《信金王》と言った時、メンバー全員が夢見るような表情を浮かべた。何人かの頬はほんのり桜色に色づいていた。何人かは、ハァ、という色っぽい息を吐き出した。多分、ハーレムでも連想したのだろう。みんな《王》という言葉の響きにやられてしまっていた。かくいう僕もそうだった。ザ・ゾンビーズの面々は大ボラがなにより好きだった。

山下の勝ちだった。「王になりたい」という人間を止めるわけにはいかなかった。それに、幸せいっぱいのメンバーたちはかなりの楽観論者になっていた。

資金を預かっていた僕は、山下に四十七人分の旅行資金全額を渡した。僕が、「頼むから失《な》くさないでくれよ」と言うと、山下は、「ま、まかせとけ」とちょっとどもった。

会合を終えたあと、ザ・ゾンビーズの創設メンバーの一人、萱野から、夕飯を一緒に食おう、という誘いを受けたけれど、僕は、用事がある、と言って断った。萱野はなんとなく意味ありげな笑みを浮かべ、言った。

「もう手は握ったの?」

僕は一瞬だけためらって、うるせえ、と答えた。萱野の笑みが深まった。

その通りだった。まだ手も握っていなかった。

2

彼女が駆け込むように店に入ってきて、息を整えながらキョロキョロとテーブルを見まわすと、店の中にいたすべての男どもが一緒になって彼女の視線を追った。彼女のつぶらな瞳《ひとみ》が僕のところで止まり、笑みが浮かぶと頰に小さなエクボができた。男どもの視線が彼女から僕に移り、続いて、テーブルの上に置いてある、僕の高校のロゴマークが入ったスクール・バッグに移った。

店の中は、すぐに公民権運動時代のアメリカ南部のような雰囲気になった。理由は簡単で、彼女が聖和の制服を着ているからだ。僕と彼女の高校がある新宿区では、暗黙の了解でアパルトヘイトの推進運動が行なわれていた。

彼女は僕のテーブルの前に駆け寄ったあと、眉間に小さくて可愛い縦皺を作り、両手を合わせ、「ごめん」と謝った。三十分の遅刻だった。そして、僕が、「おせえよ」と文句を言ったのとほとんど同時に、店内に「チッ」という舌打ちの合唱が起こった。リンチを食らって《奇妙な果実》になるのも嫌だったので、彼女に言った。

「出ようぜ」

僕たちは高田馬場駅前のウェンディーズを出た。


彼女と知り合ったのはひと月前のことで、きっかけはメンバーのガールフレンドの紹介だった。紹介を頼んだのは僕だった。僕は少し前から不眠症らしきものにかかっていて、ひどく重苦しい毎日を過ごしていたのだけれど、女の子と知り合うことで気分転換ができると思ったのだ。

不眠症の原因は、ヒロシがよく夢の中に出てくるからだった。僕がヒロシと最後に会ったのは、ヒロシが死ぬ十二時間前だった。夢の中のヒロシは、その時のガリガリに痩《や》せて骨と皮だけになった姿で現れる。僕はその姿にビビっていた。死ぬのが恐かった。僕は十八歳で、永遠に生きられると思っていたのだ。そう、ヒロシが死ぬまでは。

メンバーのガールフレンドとともに待ち合わせ場所に現れた彼女は、メタリックな茶色の髪でもなかったし、末期の肝硬変患者みたいな肌の色もしてなかったし、洗濯機の蛇腹の排水ホースみたいなソックスもはいてなかった。形の良い耳が覗《のぞ》くボーイッシュなショートヘアーは、冬眠明けの子熊のように活発な雰囲気を持つ彼女にはぴったりと似合っていて、黒目がちのつぶらな瞳は、浜辺でボール遊びをしてもらっているゴールデン・レトリーバーの瞳の輝きを宿していた。ついでに、足首はインパラのそれのようにキュッと締まっていた。それだけで十分だったのに、出会って一分後、彼女は少しだけ緊張した笑みを浮かべながら、僕に言った。

「あの時、すっごくカッコ良かったですよ」

『あの時』とは聖和への最後の襲撃をした時のことで、彼女は僕の活躍の一部始終を見ていたらしい。出会って一分三十秒後、僕のちんぽこは硬くなっていた。彼女が言った「すっごく」という言葉の響きがとても可愛くて、それに感応してしまったのだった。素晴らしい兆候だった。

僕は知り合ったその日の夜に彼女に電話をし、「君のためなら三十日間連続で土方をしてもいい。そして、そのお金で君に指輪を買うんだ」と言った。彼女は一分ぐらい笑い続けたあと、「いつか本当に買ってね」と言った。

こうして、本当ならバラ色の日々が始まるはずだったのだけれど——。

店を出て、僕たちは早稲田のほうに向かって歩き始めた。

月が出ていない真冬の夜空は、マジックで隙間なく塗り潰《つぶ》したみたいに黒く、時々吹きつける強い風は、まるで氷で作ったナイフを肌にあてられたような冷酷さを持っていた。彼女がはだけて着ていたダッフル・コートのボタンを留めようとしたので、手を空けてあげようと、僕は彼女の手からカバンを取った。彼女は柔らかい笑みを僕に向けながら、サンキューとつぶやいた。とても自然な感じだった。ほぼ毎日会っているせいか、僕たちのあいだに他人行儀な部分はなくなってきていた。

明治通りにぶつかるまでのあいだ、彼女は一日の出来事を楽しそうに喋《しゃべ》った。絶え間なく吐き出される白い息は、まるでマンガの吹き出しみたいだった。僕は熱心に相槌《あいづち》を打っていた。でも、実際のところ、彼女の話はほとんど耳に入っていなかった。なぜなら、僕の後頭部のあたりにヒロシの顔が浮かんでいて、僕のことをジッと見ているのを感じていたからだ。僕は時々振り向いて、ヒロシの姿を消した。でも、また前を向くと、ヒロシが現れ、僕を恨めしそうに見つめ始める。

「戸山公園に行こうよ」

彼女の言葉が突然耳に飛び込んできた。いつの間にか明治通りにぶつかっていた。僕はうなずいた。

僕たちは明治通りを右に折れた。それから戸山公園に着くまでのあいだ、彼女はいまリハーサルで忙しい卒業記念公演の舞台劇のことについて楽しそうに喋り続けた。彼女は演劇部の部長で、その最後の舞台にとても力を入れていた。彼女は『ロミオとジュリエット』のロミオ役だった。ボーイッシュな彼女には似合いの配役に違いなかった。

僕は必死に彼女の言葉に耳を傾けながら、黙って歩いていた。戸山公園の入口に繫《つな》がっている階段の前に着いた。十段ほど上った時、横に彼女の気配がないのに気づいた。立ち止まって振り返ると、彼女はまだ歩道にいて僕のことを見上げていた。そして、急に何を思ったか、手を広げ、大きな声で言った。

「恋の軽い翼でこの塀を飛び越えてきました！　石の壁なんかに、恋を閉め出す力はないのです！」

僕がポカンとしていると、彼女は真面目な顔で、言った。

「『ロミオとジュリエット』の有名なバルコニーのシーンの、ロミオのセリフよ。知らなかった？」

僕はうなずいた。彼女はちょっと恥ずかしそうに微笑んだ。僕はまた歩道まで降りて行き、彼女の手を取って握り締め、彼女と一緒に階段を上った。女の子の手って本当に小さくて柔らかいなあ、なんて思ったあと、この手がちんぽこに触れたら、なんていかがわしい連想に移ってちんぽこが硬くなり始めた時、余計にも、ヒロシは女の手を握ったことがあったんだろうか、なんて考えてしまい、僕のちんぽこは一気に萎《な》えた。

街灯の光でポッンと浮き上がっている広場のベンチに座り、僕は考えつくかぎりのバカ話を彼女にした。ザ・ゾンビーズのあるメンバーが《私の恥ずかしい写真》という通販に金を送ったところ、女の子の赤ん坊の全裸写真が送られてきた話とか、山下がプロレスを見に行った時、激昂《げっこう》した外国人レスラーがパイプ椅子を客席に投げたところ、当然のように山下の頭部にヒットして山下が失神した話なんかをした。彼女はクスクスという感じでよく笑ってくれた。もしかすると僕は変態なのかもしれないけれど、彼女のクスクスという笑い声を聞いて興奮してしまった。そして、ちんぽこが硬くなり始め、もうどうしようもなくなって彼女の肩に手を伸ばそうとした時、またヒロシの顔が浮かんだ。ヒロシは童貞のまま死んでしまった。僕のちんぽこは一気に萎えた。このひと月、僕のちんぽこは硬くなりかけては萎える、といったパターンを繰り返していた。

僕は腕時計を見て、彼女に言った。

「もう遅いよ」

高田馬場駅から電車に乗り、彼女の家の最寄り駅まで送っていった。改札口で、僕が、じゃあね、と言っても、彼女は応《こた》えてくれなかった。そして、僕が、どうした、と訊《き》くと、彼女は唐突に切り出した。

「わたしのお姉ちゃんがね、言ってたの」

「なにを?」

「ひと月もつきあってて体を欲しがらない男の子はゲイか、その女の子に魅力がないか、どっちかだって」

僕はびっくりして、束の間言葉を失ってしまった。彼女がハッという表情を浮かべ、訊いた。

「ゲイなの?」

僕はブルブルと首を横に振り、言った。

「君のお姉さんは間違ってるよ。そうじゃない場合だってあるよ」

彼女は少しだけ安心したように小さく息をついたあと、うつむき、囁《ささや》くような声で言った。

「わたしといて、退屈?」

僕は必死に首を横に振った。「どうしてそう思うんだよ」

「いつもぜんぜん楽しそうじゃないもん……」

「……そんなことないよ。楽しいさ」

「それじゃ、ウェンディーズを出たあと、わたし、何を話した?」

十秒後、僕は答えの代わりにため息をついた。僕が取り憑《つ》かれているものに関してうまく説明できる自信はなかった。彼女は怒ったようにも、寂しそうにも見える表情を浮かべ、言った。

「それに、わたしのこと君だなんて呼ばないで……」

彼女は僕がずっと持っていた彼女のカバンを僕の手から引ったくったあと、一度も振り向きもせずに改札口を走り抜けて行った。

僕は深い深いため息をついた。また後頭部のあたりに誰かの視線を感じた。振り向いた。ヒロシではなかった。改札口の脇の小部屋にいる若い駅員が、ざまあみろ、という感じで陰湿な笑みを僕に向けていた。クソくらえ。

3

翌日、ザ・ゾンビーズはまた会合を開いた。

恐れていたことが現実になった。約束の時間より少し遅れて教室に入ってきた山下は、目のまわりにコントのメイクで多用される青黒くて丸い痣《あざ》をこしらえていて、唇には赤い筋の切り傷がいくつもついていた。山下はみんなに視線を合わせないまま一番前の席に座った。肩が小刻みに震えていた。そして、緊張のためか一分に一回の割合で、オエッ、とえずいた。

僕たちはもうすでになにが起きたのかを理解していた。メンバーの何人かはため息をつき、諦《あきら》め顔で首をゆっくりと横に振った。

重苦しい雰囲気の中で、進行役の僕がどんな風に会合を始めようか迷っていると、一番後ろの席に座って『死』を読んでいた舜臣が、パタンと音を立てて本を閉じた。そして、おもむろに席を立ち、山下の右隣の席に移動してきた。右の眉尻《まゆじり》に縦に走る五センチほどのナイフ傷は、心なしか紅潮しているようだった。椅子に腰を下ろしてすぐに、舜臣は言った。

「始めようぜ」

教室が静まり、僕が進行上仕方なく、山下に、「料金はちゃんと払ってくれたか」と訊くと、山下はようやく視線を上げた。山下は青白い顔に無理に泣き笑いのような表情を浮かべたあと、「みんなごめん！」と叫び、右手を学生服のポケットに入れて小さなナイフを取り出した。もしそのまま山下を放っておいたら、僕は二人目の友人の死を目の当たりにしていたかもしれない。

山下がナイフを取り出した瞬間、舜臣の手刀が山下の右手首に飛んだ。まるで、黄門様を敵の刃物から護《まも》る時の助さんのような鮮やかな手際だった。ナイフは山下の手から離れ、教壇に立っていた僕の足下まで飛んできた。状況を把握した僕は急いでナイフを拾い、学生服のポケットの中にしまった。

すべては瞬時の出来事だった。教室にいるほとんどのメンバーはなにが起こったのか分からず、ポカンとしていた。舜臣は自分のほうを見て情けない笑みを浮かべている山下の頭を、バカヤロウ、と言いながら思い切りはたいた。一瞬の間を置いたあと、山下は舜臣の胸の中に飛び込んでいき、大声で泣き始めた。

そこに至ってようやく事態が呑《の》み込めたメンバーは、舜臣と山下のまわりに集まり始めた。僕たちはしばらくのあいだ、山下の痛切な泣き声を聞き続けた。

山下の泣き声が収まってきた頃、メンバーは一人ずつ山下の頭を乱暴に撫《な》でて、席に戻っていった。舜臣は山下の両肩を摑《つか》んで山下の顔を胸から離し、言った。

「おまえ、信用金庫に就職が決まってんだろ。俺たちはおまえの支店に強盗が入って、それでおまえが人質になって散弾銃かなんかを喉元《のどもと》につきつけられてる映像をテレビで見るのを楽しみにしてるんだからな」

他のメンバーから、そうだそうだ、の声が飛んだ。舜臣は続けた。

「俺たちの期待に応えるまでは死ぬことなんか考えるな。分かったな？」

山下は何度も何度もうなずき、しっかりした声で言った。

「うん、がんばる」


山下は旅行代理店のある渋谷で、高校生らしき男連中四人に百二十万円近い金額をカツアゲされた。

それを聞いたメンバーは激昂した。犯人を探し出したあと、コンクリートの靴を履かせて東京湾に放り込み、《愛の水中花》状態にしてやろうという意見が出た。それを本当に実行するかどうかは別にして、とりあえず山下に犯人連中の人相を訊くと、「長髪で色が黒い」とのことだった。僕たちは頭を抱えた。渋谷ではありふれた連中だ。捜索はかなり難航しそうだった。しかし、旅行代理店への申し込み期限はあとひと月しか残っていなかった。

そんなわけで、とりあえずの応急処置として、僕たちは再びアルバイトをして金を稼ぐことにした。学校内のカリキュラムをすべて終えてしまった僕たちは、自由登校ということで別に登校しなくても良かったので、その時間を四十七人全員でアルバイトに費やせば稼げない金額ではなかった。でも、メンバーのほとんどは就職が決まっていて、就職後に必要な運転免許証や各種資格の取得で忙しく、アルバイトをしている暇はなかなか見つからなかった。そこで、メンバーの中でミュージシャンや絵描きや小説家を目指している連中、それに専門学校進学組といった暇な連中がフル回転でバイトをすることになった。その中には、たった独りの大学進学希望の僕も含まれていた。僕は今年の受験は諦めて浪人生活を決めていたので、暇が有り余っていた。プロゴルファーを目指している舜臣も時間はあったのだけれど、舜臣はカツアゲ犯人の捜索を志願した。中学時代の後輩を何人か使うという。

「俺が必ず捜し出してやるよ」

舜臣はそう言って、不敵に、凶暴に、笑った。眉尻のナイフ傷は鮮やかな赤に染まっていた。

「今日の会合はなんか良かったよね」

萱野が楽しそうに言った。僕はうなずいた。確かに、全盛期のザ・ゾンビーズを思わせる片鱗《へんりん》が随所に見られた。

「バイトのほうは悪いね、手助け出来なくて」

萱野が申し訳なさそうに、言った。オヤジさんが刑務所に入っている萱野は家計を助けるので精一杯で、余計なバイトをする暇はなかった。僕は萱野の肩を叩《たた》いて、言った。

「たいしたことねえよ」

「やっぱりアギーのところに行くんでしょ？」と萱野は訊《き》いた。

僕はうなずいた。

4

会合のあと、僕はさっそくアギーに会いに行った。

アギーがいつもいるはずの学食に行ったのだけれど、姿はなかった。それどころか、アギーが《相談所》の机として利用している六人掛けのテーブルが、きちんとした位置に戻っていた。いつもはそれと分かるように、ポツンと一つだけ学食の隅に置かれているのだ。

僕は嫌な予感に包まれながら、急いで中庭にある公衆電話に行き、アギーの携帯電話の番号を押した。呼び出し音が終わると、留守番電話サービスのメッセージ音声が鳴り始めた。受話器を置いた。僕は学校を出て、ある場所に向かった。

僕の同級生、『佐藤・アギナルド・健』は日本とフィリピンのハーフなのだけれど、フィリピン人のお母さんのほうにスペイン人と華僑《かきょう》の血も流れているので、四ヵ国分のDNAを持ったスーパー・ハイブリッド種として生まれてきた。いくつもの品種を交ぜ合わせた米が強くて美味《おい》しいように、アギーも強くて美しかった。その上、ちんぽこも大きかった。

そんなアギーは高校に通いながら大金持ちの中年おばさんたち相手の『若いツバメ』をして、金を稼いでいた。アギーの夢は本物のコスモポリタンになることだった。金を稼ぐのは、世界で生きていくための普遍的な武器が金であるからだ。

「イェン（円）は強くなったからね。稼ぎ甲斐《がい》があるよ」

アギーは大金持ちの中年おばさん相手に培ったコネと、徒党を組まずにフリーランスで生き抜くために詰め込んだ雑学知識を利用し、校内で《相談所》を開いた。いわばトラブルシューターのようなものだ。もちろん、有料。

アギーは校内で伝説的な人物だったが、中には《ゼニの亡者》のように呼んでアギーを馬鹿にする連中もいた。アギーと僕は月に一度、アギーの家で映画を観ることにしていた。時にはアギーの美人のお母さんも一緒に映画を観る。この前は三人で『禁じられた遊び』を観た。アギーのきめの細かい小麦色の肌の上を、玉のような涙が流れているのを見た時、僕は、抱かれてもいい、と思った。

とにかく、僕はアギーのことを悪く言う奴を許すつもりはない。

学校から十分ほど行った場所にある、ジャズ喫茶『ムード・インディゴ』に着いた。入口のドアを開けると、店名を忠実に実践している薄暗い店内があった。外の明るさとの落差に目が慣れるまでに、少しだけ時間がかかった。目を凝らして店の奥のテーブルを見ると、アギーが僕に向けて軽く手を振っているのが分かった。

店内にはビリー・ホリデイが物憂い声で歌う、『ベイビー・ゲット・ロスト』が流れていた。僕はアギーの向かい側の席に座った。

「どうした？」とアギーは訊いた。

「バイトを紹介して欲しいんだ」と僕は言った。

「どんな？」

「短期でやばくないやつ」

「なんかあったのか？」

僕は山下絡みの一連の出来事をアギーに話した。アギーは話を聞きながら、上品にクスクスと笑った。

「山下らしいな」とアギー。

それからビリー・ホリデイが六曲の歌を歌い終えるまでのあいだに、僕とアギーは《商談》を終えた。七曲目に入ってようやく、マスターが水を持って僕たちのテーブルにやってきた。マスターは僕のオーダーを取ったあと、言った。

「ヒロシ君は残念だったね」

僕とアギーは無言でうなずいた。コーヒーがテーブルに届き、七曲目が終わると、ビリー・ホリデイの声の代わりに、クリフォード・ブラウンが吹くトランペットの音が店内に響き渡った。ヒロシはクリフォード・ブラウンが大好きだった。

アギーはトランペットの音に耳を傾けながら、独り言のように言った。

「クリフォード・ブラウンは二十五歳で死んだ。ソウルが強過ぎたんだ。ソウルの強過ぎる人間は神様のレーダーに引っ掛かっちまう。神様はそういう人間を近くに置きたがる。だから、ソウルの強過ぎる奴はみんな早く天にのぼっていく」

僕はただ無言でうなずいた。

* * *

高校の入学式の日、僕とヒロシと舜臣とアギーと萱野は、体育館に無数に並んでいる椅子の列の中で、同じ列を選び、隣り合わせで座った。そして、あとで全員が同じクラスだと分かった時に、なんとなく運命的な結びつきを感じて気恥ずかしい思いを味わうことになった。

入学式は式次第に忠実に則《のっと》って、『君が代』の斉唱から始まった。生徒と父兄たちの、抑揚のないどんよりした歌声が体育館に充満した。僕とヒロシと舜臣とアギーと萱野は口を少しも開けず、『君が代』の旋律を無視した。他のみんながどんなつもりで歌わなかったのかは分からない。その頃の僕は両親が離婚したばかりだったせいでいつも不機嫌で、反抗的だった。要するに、『君が代』がどうこうじゃなく、全員が無感動に同じ歌を歌うという行為自体が気に食わず、無視したのだった。

僕たちはそれぞれに顔を見合わせ、「どうしてこいつは歌わないんだ?」という眼差《まなざ》しを向け合った。でも、実際のところ、理由なんてどうでも良かった。僕たちが仲良くなるには、その時その場で『君が代』を歌っていなかったという共通項があれば十分だった。

知り合ってすぐの頃から、僕たちはよく授業をサボっては学校の屋上に上り、煙草を吸うようになった。そんなある日、誰が一番喧嘩《けんか》が強いのか決めることになった。理由はよく覚えていない。きっと、あまりに暇を持て余していたからだろう。

アギーは顔が商売道具なので、レフェリーを務めることになった。そんなわけで、僕とヒロシと舜臣と萱野は、屋上をリングに見立てて喧嘩をした。舜臣は萱野を三十秒で、僕を一分で倒した。ヒロシは五分かかった。ただし、ヒロシは何度殴り倒されてもへらへらと笑いながら立ち上がり、舜臣に向かって行ったので、身を案じたアギーがTKOを宣告したのだった。

喧嘩のあと、煙草を吸いながら話をした。その時になって初めて、中学時代の舜臣が東京の不良のあいだでは知らない者のない有名な不良だったことを知った。中学の卒業式の日、舜臣が通っていた学校の正門の前には、ヤクザのスカウトマンたちが花束を持って舜臣を待っていたそうだ。

「武闘派のヤー公は少なくなってきてるからな。即戦力が欲しかったんだろ」舜臣はフィルターに血のついた煙草を指で弾《はじ》き飛ばし、新しい煙草に火をつけて、続けた。「条件は悪くなかったぜ。契約金もたんまりだったし、女は抱き放題なんて言ってたしよ」

「それじゃどうして、ヤクザにならなかったの？」萱野が鼻血を止めるための鼻栓にするティッシュの先を丸めながら、訊《き》いた。

舜臣は苦笑しながら、言った。「俺はどの世界に入ってもトップを目指したいんだ。でも、ヤクザの世界じゃトップになれないことが分かったからやめた」

「何をどうやって分かったんだ？」とアギーが訊いた。

舜臣は眉尻《まゆじり》の傷を指で掻《か》きながら、言った。

「俺は人を殺せると思ってたんだよ。でも、殺せなかった。人を殺せないヤクザなんてヤクザじゃねえだろ。ヤクザじゃない奴がヤクザのトップにはなれない」

「もう少し詳しく話してよ」と、鼻にティッシュを詰め終わった萱野が、こもった声で言った。

舜臣は煙草の煙を吐き出して、続けた。

「俺はどんな差別の言葉を食らっても、ちっとも気にしねえ。そいつの歯をへし折ってやれば気が済む。ただ、『チョーセンに帰れ』っていう言葉だけは我慢できねえんだ。その言葉は俺のハラボジ（じいちゃん）を侮辱する言葉だ。俺のハラボジは無理矢理こっちに連れて来られた。ハラボジは優しい人だった。俺にはハラボジの血が流れてる。だから、『チョーセンに帰れ』って言った日本人のことは殺せると思ってた。でも、一度喧嘩の時に面と向かって言った奴がいたけど、俺は殺せなかった」

「どうして？」と萱野は訊いた。

舜臣は恥ずかしそうに口の端を上げて笑い、言った。

「首をねじ切ってやろうと思ってそいつの首に両手をかけた時、パソコンのことが頭に浮かんだんだ」

「パソコン？」と僕。

舜臣はうなずいた。

「その喧嘩の前の日、アボジ（とうちゃん）にパソコンを買ってもらったばっかりだったんだ。だから、人を殺して警察に捕まったら、パソコンがもったいないって思っちゃったんだよ」

僕たちは軽い笑い声を上げた。舜臣は真面目な顔で、すごくいいパソコンだったんだ、と付け足した。僕たちはそれがまたおかしくて、続けて笑った。舜臣も釣られて笑ったあと、ふと寂しげな表情を浮かべて、言った。

「人を殺すには在日ってだけじゃ足りねえんだ。あと四つか五つぐらいのハンデをしょってないと俺には人は殺せないよ。俺はこの国で生まれて、何不自由なく育ってるんだぜ。だから、ガキの頃は自分がなんで差別されるのか分からなかった。腹が立ったから、どいつもこいつも叩《たた》きのめしてやることにした。でもな、最近俺は気づいたよ。いくら喧嘩に勝ったって、最終的には俺は絶対に負けるんだ。分かるか？　勝負はいつだって多数の側が勝つように仕組まれてる」

それまでずっと黙っていたヒロシが口を開いた。

「俺さあ、将来シュショーになろうと思ってんだ」

僕たちはいっせいにヒロシの顔を見た。ヒロシの鼻は舜臣のパンチのせいで少し曲がり、右の目は腫《は》れてふさがり、下唇は縦に深くパックリと割れて、太い筋の血が流れ出ていた。

「シュショーって、総理大臣のことか？」と僕が訊いた。

ヒロシがニコッと笑った。前歯が一本欠けていた。でも、三百万ルクスの笑顔だった。

「俺は納得いかないものを変えちゃいたいんだよ」

なんだか時間が止まってしまったような気がした。僕たちはしばらくのあいだ無言でお互いの顔を見つめ合い、そして、いっせいにへらへらと笑った。ヒロシの隣にいたアギーは、人差し指でヒロシの心臓のあたりをトントンと叩いた。

「おまえは強いソウルを持ってる。俺のマム（かあちゃん）が言ってた。人生で一番大切なのは、強いソウルをゲットすることだって」

アギーがそう言い終わった時、強力なニッポン・ソウルを持っている民族系体育教師のマンキー猿島が屋上の入口に颯爽《さっそう》と現れた。

僕たちの口に挟まっている煙草を目にしたマンキーは、「おめえらぁぁぁぁ！」と叫びながら僕たちのところに駆け寄り、超高速ビンタをぶんぶん振りまわした。僕たちはそれぞれビンタを十発、頭突きを四回、足払いを三回、大外刈りを二回、まわし蹴《げ》りを一回食らった。そして、初めての停学も食らった。

＊　＊　＊

「この頃、よくヒロシの夢を見るよ」とアギーは言った。「ヒロシは暗闇の中にいてさ、俺のことをジッと見てるんだ。なんか喋《しゃべ》ってくれ、って願うんだけど、ヒロシは黙ってずっと俺を見つめたままだ。俺は恐くなって、飛び起きる……」

僕はかすかにうなずいた。舜臣も萱野も同じようなことを言っていた。

僕は財布の中から《相談料》である千円を取り出し、アギーに差し出した。アギーはそれを受け取って学生服の内ポケットに入れたあと、代わりに一万円札を五枚取り出し、僕に差し出した。

「なんだよ、それ?」と僕は訊いた。

「ヒロシの墓に花を供えてやってくれ」

いつものアギーと違う感じがした。僕は学食のテーブルのことを思い出した。

「そういえば、学食のテーブルが動いてたぞ」

「いいんだ、相談所は閉めた。それよりこれを受け取ってくれよ」

アギーはそう言って、一万円札をヒラヒラとなびかせた。僕は受け取って、言った。

「まだ卒業までには間があるじゃないか」

アギーはゆっくりと首を横に振った。「俺は今日で学校とはおさらばだ」

「どうして？」

「目標金額が貯まったから、世界旅行に出る。明日か明後日にはヨーロッパだ」

「卒業式はどうすんだよ」

アギーは困ったような笑みを浮かべた。

「卒業式に出ると、ギャラでもくれるのか？　あんなもん出たって意味はないね」

僕が黙り込んでしまうと、アギーは思い出したように、言った。

「ここもあとひと月ぐらいで閉店するらしいぞ。いま時ジャズ喫茶なんて化石みたいなもんだからな」

「そうか……」

アギーはおどけたような口調で、続けた。

「そろそろ俺たちも暗闇の中から抜け出て、光の世界に移動する時期だ」

僕が言葉を探しあぐねていると、アギーは、僕に何度も抱かれてもいいと思わせた魅力的な笑顔を浮かべ、言った。

「俺の目標は七つの海の港全部に女を作ることだ。女がひとりできるたびに、おまえに手紙を書くよ」

入口のドアが開き、外の世界の光が差し込んできた。僕は目を凝らして、光の射すほうを見た。一瞬、目を疑った。でも、間違いじゃなかった。そこには、いま人気絶頂の高校生アイドルがセーラー服姿で立っていた。

アギーは面倒臭そうに手を上げながら、小さい声で言った。

「これから修羅場だ」

アギーはしなやかな指さばきで伝票をつまんで、腰を上げた。そして、ヒロシにも劣らない光を放つ笑みを浮かべながら、言った。

「グッバイ、オ・ルヴォワール、アウフ・ヴィーダーゼン、アリヴェデルチ、ダスヴィダーニャ、アディオス、再見《ツアイチエン》、またな」

アギーは僕を残し、光が満ち溢《あふ》れる世界へと出ていった。

その日の夜、彼女に電話をした。彼女に間違った知識を植えつけた彼女のお姉さんが電話に出て、妹はまだ帰ってない、と留守電のメッセージ音のような声で言った。夜の十一時だった。多分、居留守だ。僕はため息をついたあと、電話を切った。

5

　アギーと別れた二日後、僕は山下を連れて竹芝桟橋に向かった。そして、小笠原の父島行きのフェリーの切符を買い、山下に渡した。アギーと相談の結果、山下を父島のコーヒー農園で働かせることにした。アギーに言わせると、「小笠原でのコーヒー栽培はいまのところ目立ってはいないが将来有望」だそうで、島民も働き手を欲しているということだった。山下を父島に行かせることにはメンバーのあいだから、ある種の島流しではないか、という刑罰説も飛び出したが、小笠原の自然環境に身を置くことは落ち込んでいる山下の気分転換にも良いと思った僕とアギーの心遣いから出たものだった。

　フェリーの出発を待っているあいだ、僕と山下は桟橋のベンチに座り、缶コーヒーを飲みながら、ぼんやりとフェリーを眺めていた。

　コーヒーを飲み終えたあと、山下が言った。

「昨日の夕刊読んだ?」

僕は首を振った。山下はか細い声で続けた。

「インドネシアのどっかの島で、五メートルの大蛇が三十五歳の男の人を丸呑《まるの》みしたんだって」

「すげえな」と僕は言った。

山下はコクンとうなずき、なにかを懇願するような目つきで僕に訊《き》いた。

「小笠原とインドネシアって、なんか似てる感じがしない？」

僕はきっぱりと首を横に振った。フェリーの出発を知らせる汽笛が鳴った。僕はイヤイヤと身をよじらせる山下の首根っ子を摑《つか》んでタラップまで連れて行き、山下が自殺に使おうとした小さなナイフを返した。

「いざとなったら、これで闘え」

山下はようやく心を決めたらしく、ナイフを受け取り、そして、言った。

「もし本当に呑み込まれちゃったら、溶けちゃう前に骨を拾いに来てくれよ」

僕はしっかりとうなずいた。

「ザ・ゾンビーズが責任持ってその大蛇を退治してやる」

山下は海に落ちないように、ソロリソロリといった感じでタラップを上っていった。僕は山下の背中が船内に消えるまで、見送った。

山下を父島に送り出した翌日の午前六時半、僕はメンバー八人を連れて、ＪＲ高田馬場駅の戸山口に降り立った。そして、そこから五分ほど行った場所にある西戸山公園に向かった。公園は土方の日雇い仕事を求める連中でごった返していた。手配師のまわりにできる大きな人の円があちこちにいくつも描かれ、僕とメンバーはそれらの円のあいだを擦り抜けるようにしながら、公園の奥に向かった。

いつものように、象の形を模したすべり台のてっぺんにランボー吉田さんが座り、下界を睥睨《へいげい》していた。ランボーさんは僕の顔を見つけると、素早い動きで象の鼻をスーッと滑り降りてきた。

ランボーさんはアメリカ生まれの日系二世で、ベトナム戦争に参加した。その時の戦友が枯れ葉剤のせいで植物人間になってしまったらしく、その医療費を捻出《ねんしゅつ》するために日本に出稼ぎに来ている。ランボーさんは特殊部隊で身につけた精神力と腕力と公平さを重んじるリーダーシップで、出稼ぎに来てほどなく東京の土方界の元締め的存在になった。僕とメンバーたちは小遣いに困るとよく土方のバイトをするのだけれど、いつもランボーさんに仕事を手配してもらっていた。

すべり台から地上に降り立ったランボーさんは、僕の肩を優しく叩《たた》いた。

「ロングタイム・ノー・シー（久し振り）ね」

僕は、ヒロシが死んでしまったことを伝えた。ヒロシはランボーさんの大のお気に入りだった。ランボーさんは、アイム・ソー・ソーリー（とっても残念だ）、という表情を一瞬浮かべたけれど、すぐに、ソー・ホワット？（それで今日は？）という感じの表情を浮かべた。さすがに特殊部隊出身だけあって、状況認識の切り替えが高速だ。

僕がヒロシの墓参りに行くための資金を稼ぎに来たことを話すと、ランボーさんは大企業が発注した下請け仕事をまわしてくれた。大企業の下請けはボロい仕事だ。ピンハネされても絶対に一万円以上は出るし、それにたいていの場合、現場に行くと大企業の暇なお偉いさんたちが自分の威光を示すために練り歩いているから、そのおっさんたちの前に姿を見せると、「学生さんに危ない仕事をさせてはダメじゃないか」という展開になり、結局は掃き掃除ぐらいの仕事で済むようになるのだ。

僕はランボーさんに礼を言い、メンバーを預けて、そこを立ち去ろうとした。

「ユーは働かないの？」とランボーさんが訊いた。

僕は実入りは悪くても思い切り体を動かす仕事がしたかったので、別のバイトに向かうつもりだった。そのことをランボーさんに話すと、ランボーさんは僕の目をジッと見つめたあと、傷だらけのゴツゴツした手のひらで僕の頬に触れながら、言った。

「遠くに行っちゃった人間はズルいね。残ったほうの人間に自分が悪いみたいに思わせる。でもね、踏みとどまってファイトする人間が本当のヒーローになれるのよ。人間、生きててナンボよ」

僕はうなずいて、サンキュー、と言った。

色々考えた結果、引っ越しのバイトに行くことにした。

電車とバスを乗り継ぎ、足立区の片隅にある大手の引っ越しセンターの営業所へ向かった。飛び込みだったけれど、運良く仕事が見つかった。

まずは荒川区の団地から葛飾《かつしか》区のマンションへの引っ越しで、これは僕が望んだ通りの思い切り体を動かす仕事だった。引っ越し先のマンションにはエレベーターがなく、その上依頼主の住む階数が五階だった。非常階段を使って冷蔵庫やタンスをせっせと持ち運んだ。冬だというのに、つなぎの制服が汗でビショビショになった。

作業を終えると、運転手のおっさんが「外で待ってろ」と言って、僕をマンションの部屋から追い出した。おっさんの魂胆は分かっていた。依頼主からの御祝儀をひとりでガメるつもりなのだ。

営業所に戻るあいだ、運転手のおっさんとは一言も口をきかなかった。営業所に着き、僕がトラックから降りようとすると、おっさんが、ほら、と言って、刃物でも突きつけるみたいに千円札を一枚僕に差し出した。いくらピンハネしたんだろう、なんて思いながら、受け取るかどうか迷っていたけれど、結局受け取ることにした。金は金だ。小さく頭を下げ、トラックを降りた。ドアを閉める寸前、おっさんがぶっきらぼうに言った。

「世の中、こんなもんなんだよ」

クソくらえ。思い切りドアを閉めた。クソくらえ。

翌日は萱野が長年バイトをしている製本所で働いた。仕事は至って簡単だった。まだバラバラの段階のマンガ雑誌のページの束を、目の前を流れていく特殊なベルトコンベヤーの上に載っけるだけ。ベルトコンベヤーの前にはずらっと人が並び、僕とは違うページの束を載せていく。そうすると流れてくる時差と段差を利用してうまい具合にページが重なり合い、一冊の雑誌になっていくシステムだ。

僕の列は『少年ジャンプ』の列で、僕は『こち亀』のページを担当した。十二時間働いたのだけれど、延々と同じページを載せ続けた。三時間目でページに載っていたセリフを全部覚え、四時間目に、「俺は機械じゃない」と独り言が出始め、五時間目に嫌気が差して三つ隣の顔がアントニオ猪木そっくりのおばちゃんに、『ワンピース』のページと交代させてくれ、と頼んだところ、おばちゃんはニコリともせずに、「甘えるんじゃないよ、バカヤロー」と言った。クソくらえ。結局、六時間目からは両さんが憎くて憎くて、「だから警察《ポリ》は嫌いなんだよ」と独り言を言い続けた。

仕事を終えて萱野にそのことを言うと、萱野は、「俺は『ドラゴンボール』の絵を見るといまだに吐き気がする」と哀しそうな目でつぶやいた。

翌日はメンバー五人と一緒に、あるアイドル・グループのコンサートのガードマンのバイトに行った。コンサートの開始は夜なので本当は夕方に会場に入ればいいのだが、昼間に楽器や音響機材などの搬入も合わせてやるとバイト代が倍以上になるから、僕たちは搬入もすることにした。

こういうバイトをすれば分かると思うけれど、搬入作業をする、いわゆる《ローディー》には必ずミュージシャン崩れの男がいて、たいていそいつが現場を仕切っている。そういう奴は崩れちゃってるもんだから根性も悪くて、バイトに威張り散らすのを唯一の趣味にしている奴が多い。残念ながら、僕たちが当たったのもそういう奴で、僕は搬入作業を終えるまでにケツを十三回蹴《け》られた。思い切り、それも、意味なく。クソくらえ。

コンサートが始まり、僕はステージ前に陣取って、客席に向かって立った。一応、ステージに上がろうとするファンを制止する役割だ。ステージ上からは栄養失調の子猫の鳴き声みたいなアイドルたちの歌声が聞こえてきて、目の前には蛍光色のはっぴを着、その色に負けず劣らず脂で肌がテカった男連中が3Dの迫力で見えていた。どうにか二時間の拷問に耐え、さあ帰ろうとメンバーたちと会場を出ると、はっぴの連中が僕たちを待っていた。

「オタクさあ、調子に乗ってない？」

連中が言うには、僕がコンサート中に何度もステージに振り向き、アイドルたちに色目を使った、ということらしい。疲れていていちいち真面目に相手にするのも面倒臭かったので、僕は初めに因縁をつけてきた奴の鼻に、思い切り右ストレートを叩《たた》き込んだ。僕たちとはっぴの連中との乱闘がいまにも始まろうとした瞬間、僕は後ろから思い切りケツを蹴られた。

「なにやってんだよ、おまえ」

昼間の根性の悪いローディーだった。そんなわけで、僕は会場に連れ戻され、バイト派遣会社のお偉いさんのところに引き出されたあと、二時間説教を食らった。クソくらえ。

翌日はパン工場で製本所の時のように機械になりきってパン粉を練った。その翌日は歌舞伎町にある焼肉屋の弁当配達員をやったのだけれど、ヤクザの事務所に弁当を運んだ時、右の耳たぶがないヤクザのおっさんに「肉が薄い」と言って、思い切り頭をはたかれた。クソくらえ、と言う元気もなくなったので、その翌日はランボーさんのつてを頼りに、西戸山公園に向かった。

象の鼻からすべり降りてきたランボーさんは、ニヤリと笑い、「いい顔になってるね」と言った。

ランボーさんが紹介してくれた現場に行くために電車に乗っている時、一緒の現場に向かっている日雇いのおっさんが話しかけてきた。痩《や》せ細って前歯が三本ないそのおっさんは、「息子が生きてりゃあんたぐらいの歳だったなあ……」と言って、初孫を見るような目で僕を見た。僕が、「息子さんはどうして亡くなったんですか？」と訊《き》いても、おっさんはなにも答えてはくれず、ただ優しげな眼差しで、僕を見つめるだけだった。

現場の最寄り駅で降り、まだ人通りも少ない朝の街を現場に向かって歩いた。おっさんは歩道の脇にあるすべてのゴミ捨て場を覗《のぞ》き込みながら歩き、まだ使えそうなものはボロボロのリュックに詰め込んでいった。そして、あるゴミ捨て場でケミカルウォッシュのすんげえカッコ悪いジーンズが捨ててあるのを見つけたおっさんは、それを手にしたあと、ニヤリと笑いながら僕を見た。

「ヤングにはぴったりだろ、な？」

僕は笑顔とともに差し出されたジーンズを受け取った。涙が出そうなぐらい嬉《うれ》しかった。僕が、ありがとうございます、と礼を言うと、おっさんはてっぺんがハゲかかっている頭を恥ずかしそうにゴシゴシとこすり、そして、言った。
「ちゃんと勉強して、偉い人になんだぞ」

一週間ぶりに彼女に電話をした。またお姉さんが出て、妹は帰ってきてない、と言った。僕はお姉さんに、「君のために土方をした」と彼女に伝えてくれ、と伝言を頼んだ。お姉さんは伝言を聞いたあと、なに言ってんのよ、といった感じの無言の間を置いて、電話を切った。

6

ひと月のあいだ、めいっぱい働いた。彼女との仲は元通りになってはいなかったけれど、進展はあった。何度も電話をしているうちに、留守電役の彼女のお姉さんと仲良くなり、味方に取り込むことに成功したのだ。一番最近の電話では、「大丈夫よ、もう少しでオチるから」というお姉さんの報告を聞いた。僕が、「お姉さんのおかげですよ」とヨイショすると、ジャニーズ系の美少年を紹介してくれ、と頼まれた。そんなの僕の高校にいるわけないけれど、はい、と答えておいた。

どうにか資金のめどもつき、捜索隊を結成して動いていた舜臣にもそれなりの成果があったという連絡があったので、一度会合を開くことにした。

久し振りにメンバー全員が教室に集まった。山下も無事に父島から戻ってきていて、日焼けして血色の良い顔は、まるで憑《つ》き物《もの》でも落ちたようにさっぱりと晴れ渡っていた。それもそのはずで、山下はコーヒー農園の一人娘と恋仲になったのだった。二人で手を握って撮った写真を見せてもらったのだけれど、一人娘は黒目がちで、下唇がプクッと膨らんだものすごく可愛い女の子で、山下が惚《ほ》れてしまうのも無理はなかった。そんなわけで、山下は卒業後の信用金庫への就職を取り止め、コーヒー農園の農夫になることになった。

「俺は《コーヒー王》になるよ」

僕たちはまた《王》という響きにポーッとなり、何人かはハーレムを連想して、ハァという色っぽい息を吐いた。

舜臣がフランツ・ファノンの『地に呪われたる者』をパタンと閉じたのを合図に、会合が始まった。進行役の僕がバイトメンバーの労をねぎらう言葉をかけると、拍手が起きた。バイトメンバーの顔は誇らしげだった。そして、捜索に関する件で舜臣に水を向けると、舜臣は歯切れの悪い口調で言った。

「言おうかどうか迷ってんだけど……」

「らしくねえな」と僕が言うと、舜臣の心は決まったらしく、いつもの力強い口調に戻った。

「俺の後輩で、まあヤー公じゃねえんだけど、渋谷でいい顔の奴がいるんだ。そいつに、山下のカツアゲの一件を話して、調べといてくれって頼んだら、カツアゲをやった連中が分かったんだ」

山下がいち早く舜臣の言葉に反応し、どこのどいつなんだ、と訊いた。舜臣は有名一流大学の付属高校の名前を挙げた。付属校に通っている連中は、よほどのことがないかぎりエスカレーターで大学に上がれるので、高校時代に見境なく遊びまくる。ただ、金持ちのお坊ちゃんが多いせいか世の中をなめている奴が多く、僕たちのようなオチコボレ校の連中よりもタチの悪い連中が多い。

「連中、遊びに行った先々でカツアゲのことを吹きまくってたらしい」と舜臣。

山下が、ちくしょう、と悔しそうに吐き捨てた。僕は舜臣に訊いた。

「で、どうするつもりだったんだ?」

舜臣は、へへへ、と不敵に笑い、言った。

「どうするもこうするも、ゼニを返してもらうのさ。警察《ポリ》に引き渡したって、ゼニが返ってくるわけじゃねえしな」

「どうやって、ゼニを取り戻すんだ？」と僕は訊いた。

「連中、三日後に渋谷のクラブでダンパを開くらしいから、それを襲うんだ。当日券分とクラブ側に払う金が手元にあるだろうから、カツアゲ分全額とはいかなくても、そこそこは回収できるだろ」

僕も、へへへ、と笑い、「乗った」と言った。すると、他のメンバーたちも、へへへ、と笑った。舜臣がブレーキをかけた。

「荒っぽい展開になって、警察沙汰《ざた》になる可能性もあるんだぞ」

確かにその通りだった。高校生のダンパとはいえ、チケット売買ではかなりの利益が動く。その利益を守るために、ダンパの主催者たちは空手部の連中なんかを用心棒に仕立て、会場の警備にあたらせている。そいつらとまともに衝突すれば大事にもなりかねない。

「就職が決まってる連中は今回は控えに回ってくれよ」と僕は言った。

メンバーはつるかめ算の問題を出されたオチコボレ小学生のように、「なにを言ってるの？」といった感じでポカンと僕の顔を見ていた。僕はなにかを言おうとして口を開いたけれど、言うことを忘れてしまった。

メンバーが次々に声を上げた。

「ヒロシの墓参りの金が盗《と》られたんだぞ」

「ザ・ゾンビーズはお坊ちゃん学校の連中になめられたまま解散するような組織だったのか?」

「あいつら、付属ってだけで女にもてるから許せねえ」

「これ以上悪さができねえようにちんぽこ引き抜いてやろうぜ」

最後に、萱野が締めた。

「おいしい部分はみんなで分かち合おうよ」

みんながまた、へへへ、と笑った。僕と舜臣も釣られて、へへへ、と笑った。負の状態は一掃された。

へへへ、面白くなってきやがった。


ダンパ襲撃の前日、彼女から手紙が届いた。封筒の中には、「見に来てください」という一行のメッセージと、卒業記念公演のチケットが入っていた。こうして僕は、初めて聖和の中に堂々と入っていけるパスポートを得ることができた。でも、結局のところ、僕がそのチケットを使って聖和の狭き門をくぐることはなかった。

7

襲撃当日の土曜日、午後七時。彼女が舞台の上でロミオを演じている時、僕と山下は渋谷の南平台町《なんぺいだい》のクラブ、『カッコーズ・ネスト』の斜め向かいにあるテナントビルの屋上にいた。

バブル後で借り手のほとんどないビルはひっそりとしていて、張り込みには最適だった。僕と山下は、ランボーさんから借りた暗視スコープを目にあてて、『カッコーズ・ネスト』の入口あたりを見ていた。『カッコーズ・ネスト』は倉庫を模したコンクリートの打ちっぱなしの平屋建てで、いかにも最先端という感じを漂わせていた。

「現れないね」と山下が言ったのと同時に、僕は入口の前にいる番犬役の男からスコープの視点をずらし、突き当たりにある国道246号に向かってクラブの前の歩道をなぞっていった。視界に、長髪でロングコートを着た奴が飛び込んできた。『カッコーズ・ネスト』に向かっている。僕は、おいと言って山下を促した。山下は僕が向いているほうにスコープを向け、そして、言った。

「あいつの顔だけは忘れないよ」

「どうして?」

「あいつ、俺のキンタマを思いっきり蹴《け》ったんだ」

僕はスコープを顔から離した。奴は黒のロングコートに、遠目からでも分かるどぎつい青のシャツを着ていた。

青シャツがクラブの中に入っていくのを見届けたあと、僕と山下はテナントビルを出た。僕と山下は山手線の線路沿いの道をひたすら原宿方向に向かって歩いた。三十分ほどかかって、代々木第一体育館前のだだっ広い遊歩道に着いた。『ザ・ゾンビーズ』のメンバーはあちこちに拡散しながらも、全員集まっていた。僕と山下の姿を見つけると、みんなが一ヵ所に固まり始めた。

みんなが集合したのを確かめ、僕は言った。

「間違いない。山下がちゃんと確かめた」

冤罪《えんざい》を防ぐために、一応山下に面通しをしてもらったのだ。こうして準備は整った。僕はみんなの顔を見まわして、言った。

「諸君、中国最古の兵法書『孫子』には、次のような戦術句が載っている——」

みんなが息を呑《の》んだ。僕は続けた。

「疾《はや》きこと早漏のごとし！」

メンバーのほとんどは、「早漏！」と叫びながら楽しそうにこぶしを振り上げたけれど、何人かはいまいちテンションが低く、伏し目がちだった。

遊歩道のベンチで乳繰り合っていたカップルたちが、何事が起きたのだ、という感じで視線を送ってくる中を、僕たちは渋谷に向けて歩き出した。

僕たちは別に列を成すわけでもなく、思い思いのメンバーで固まりながら、渋谷の街を練り歩いた。２４６に突き当たった時、僕の隣を歩いていた舜臣が、真っ赤になっている眉尻《まゆじり》の傷を指で掻《か》きながら、言った。

「これで最後だ。もう二度と暴力はふるわねぇよ。俺は、本物の『勝ち』を手にしてぇんだ」

僕と舜臣は、五メートルほど無言で歩いたあと、顔を見合わせて、へらへらと笑った。舜臣の隣を歩いていた萱野が、舜臣の肩を優しく叩《たた》いた。

『カッコーズ・ネスト』まであと五十メートルの距離になった。それまでバラバラに歩いていたメンバーが、いつの間にかひとつに固まりながら歩いていた。僕たちの姿が嫌でも目に付いたのだろう、入口の番犬役が座っていたスチールパイプ製の椅子から腰を上げた。

舜臣が早足で固まりから抜け出て、番犬役にまっすぐ向かっていった。そして、こぶしが届く距離に入った時、「寝てろ」と言って、体重の乗った右フックを番犬役の顎先《あごさき》をかするように放った。テコの原理で番犬役の顔が左にカクッという感じで曲がり、その次の瞬間には、ガクンという感じで膝《ひざ》から崩れ落ちた。番犬役の脳は震度七の揺れを感じていることだろう。

舜臣は気絶している番犬役を、倒れないように椅子に座らせたあと、『カッコーズ・ネスト』の重そうな入口のドアを押し、中へ入っていった。僕たちもあとに続いた。

入ってすぐの場所に、チケットのチェックと用心棒の二役のために二人の男が立っていた。男たちが疑問を感じる間もなく、舜臣はまず一人の男の膝関節《しつかんせつ》部分に体重の乗った前蹴りを浴びせ、続けてもう一人の男のみぞおちに右のボディ・アッパーを食らわせた。フロアで倒れ、苦しそうに転げまわっている二人を、メンバーが四人がかりで押さえ込んだ。『カッコーズ・ネスト』は内部のほとんどがダンス・フロアになっていて、入口付近で起こっている出来事を視界から遮るものがないせいで、踊っていた何人かの連中が異変に気づき、腰を振るのをやめた。それに気づいた敵方の連中が、踊りをやめた連中の視線を追い、僕たちの存在に気づいた。恐慌を来《きた》したお坊ちゃん学校の連中は、「出入りだ!」と悲鳴に近い声を上げた。

計画通りの展開になっていた。恐怖の伝染は速い。あっという間にだだっ広いフロアでの踊りが止んだ。激しいビートを叩き出している音楽と、目まぐるしく色を変える照明だけが場違いに生き生きと躍動していた。

ざっと見た限りでは男の数は百に満たない程度だった。最後の戦いには物足りない数だったが、仕方がない。

「面白いヤマなんて必要ねえぞ。圧倒的に勝つんだ」

舜臣がそう言うのとほとんど同時に、メンバーが、「おりゃぁぁぁ！！！」と叫びながら、僕と舜臣と萱野と山下を追い抜いてフロアになだれ込んでいった。そして、適当に相手を見つけては、手当たり次第に殴り始めた。乱闘が勃発《ぼっぱつ》した。照明が宙を飛んでいく前歯と、鼻血の筋を浮かび上がらせる。女の子たちは逃げ惑っている。奇声や怒声や嬌声《きょうせい》が乱れ飛ぶ。

僕と舜臣と萱野と山下は乱闘を避けるために壁沿いを歩き、フロアの奥のほうに位置している狭い通路に向かった。途中、敵方の連中が何人か僕たちに向かってきたが、舜臣がなんなく一蹴《いっしゅう》した。

僕たちはなんとか狭い通路に辿《たど》り着いた。突き当たりに、《ＯＦＦＩＣＥ》というロゴマークが入ったドアがあった。僕たちはまっすぐそのドアに向かった。舜臣がノブに手を掛けた。カギがかかっていると思ったのだが、ドアは拍子抜けするほど簡単に外側に開いた。

八畳ほどの広さのその部屋には、大きめのセンターテーブルとそれを囲むように革製のソファが四つしつらえてあった。ソファには山下のキンタマを蹴った青シャツと、その他色黒で長髪の男三人がふんぞり返って座っていた。異変にまったく気づいてないどころか、なにかとてつもなく楽しいことがあったらしく、僕たちの姿を見ても、まだ笑みを顔に張り付けたままだった。なにが楽しいのか、すぐに分かった。センターテーブルの上には、いくつもの厚い束になって並んでいる一万円札と、その横には数百錠は優にあるピンクの錠剤が無造作に置かれていた。多分、ＭＤＭＡかなんかだろう。

ようやく敵方の重役然とした態度が消え、緊張が顔に浮かんだ。

「誰だ、おまえら！」

答えると思ったのだろうか？

舜臣は答えの代わりに一番近くにいた色黒の長髪にのしかかり、まるで分厚い樫木《かしのき》のドアをノックするみたいに、そいつの鼻を殴った。萱野と山下がその他二人の色黒の長髪の後ろにそれぞれ素早く取りつき、羽交い締めにした。一人を料理し終えた舜臣は、まず山下が羽交い締めにしている色黒の長髪の鼻面に思い切り膝を突き上げた。グシャ、という音とともに、そいつは白目を剝《む》き、山下が腕を解くと、ソファから床にゆっくりと崩れ落ちた。返す刀で、舜臣は萱野が羽交い締めにしていた奴の下顎の部分に重力の助けを十分に借りた右フックを叩き込んだ。

あっという間に三人を戦闘不能にした舜臣が、青シャツに視線を移した。青シャツは慌ててテーブルに載っていた携帯電話を手に取り、震える手でボタンを押そうとした。

「警察《ポリ》か？　それともママにか？」

舜臣はそう言って、テーブルの上のピンクの錠剤に視線をやった。自分がどんな状況にいるのか思い出した青シャツは、ボタンにかけていた指の動きを止めた。次の瞬間、獰猛《どうもう》な猫科の獣を思わせる動きで、舜臣が青シャツに飛びかかった。瞬時に、舜臣の手が青シャツの喉仏《のどぼとけ》の部分にがっちりとはまった。青シャツの手から、ポロリと携帯電話が落ちた。

「いい子にしてろよ」

舜臣がそう言って握力を強めると、青シャツは目を大きく見開きながら、小刻みに何度もうなずいた。僕はセンターテーブルに近寄り、札束をいくつか手にして枚数を数えた。僕たちは僕たちが働いて貯めた金を返してもらいにきただけであり、強盗に来たわけではないので、余分な金を一銭でも取るつもりはなかった。

急いで金を数え終え、担いでいたデイパックの中に札束を詰め込み、舜臣と萱野と山下に向かって頷いた。舜臣は青シャツの首にはまったままの手に力を込め、立て、と言った。青シャツはゆっくりとソファから腰を上げた。舜臣が山下に向かってうなずいた。山下は青シャツの前に立つと、なんの予告もなくいきなり青シャツの股間《こかん》に強烈なつま先蹴《げ》りを叩《たた》き込んだ。青シャツの背筋がビクンと波打ち、唇の隙間からよだれが流れ落ちた。舜臣が首から手を離すと、青シャツは腰からストンとソファに落ち、小さく跳ね上がったあと、前のめりになってずるずるとソファから崩れ落ちていった。

舜臣は手についた青シャツのよだれをソファで拭《ふ》いて、言った。

「ずらかろうぜ」

僕たちが《OFFICE》を出て、フロアに戻ると、そこにはザ・ゾンビーズの面々の圧倒的なダンスが待っていた。みんなエンドルフィン過多の猿みたいに動き回り、敵を翻《ほん》弄《ろう》している。そもそも、数々の修羅場を経験して歴戦のツワモノになっているメンバーが、お坊ちゃん学校の連中に負けるわけがないのだけれど。

舜臣が口に手を当て、「アワワワワワ！」とインディアンの雄叫《おたけ》びを上げると、みんなは踊りを止め、いっせいに出口に向かって駆け出した。僕と舜臣と萱野と山下も出口に向かって駆けた。

他にも逃げ出そうとしている連中のせいで出口が混み合い、かなりの時間のロスがあった。ようやく出口に辿り着いた時、遠くのほうから聞こえてくるパトカーのサイレンの音に気づいた。僕は押し出されるように外に出たのと同時に、「散れ！」と叫んだ。メンバーの、「おう！」という応えが返ってきた。非常時の場合、みんながそれぞれに散って逃げ、戸山公園で合流することになっていた。

僕と舜臣と萱野と山下はほんの少しのあいだ、メンバーが逃げる様子を眺めていた。みんなは直角に曲げた腕をぶんぶんと振り、太股《ふともも》は胸にくっついてしまうぐらいに上げながら必死に走っていた。

「小学校一年生の徒競走みたいだね」と萱野が言った。

僕と舜臣と萱野と山下は顔を見合わせて一瞬だけ笑みを交わし合ったあと、パトカーがやってくるほうとは逆の、池尻大橋のほうへと駆け出した。とにかく、必死に走った。でも、パトカーのサイレンの音が背中にどんどん迫ってきていた。僕たちは路地を曲がることもなく、ただひたすらまっすぐの道をまっすぐに走った。スピードは落ちるどころか、いまにも飛び上がれそうなほどに速まった。目の前に小さな光の点が飛びまわっている。心臓の動きが手に取るように分かる。

突然、一筋の電流が体の中心を貫いた。

痛みはなく、ただ気持がいい。

足が自然と高く上がる。前へと進んでゆく。

これがランナーズ・ハイというやつか？

それとも？

いつの間にか、サイレンの音が消えていた——。


へへへ、分かったぞ。舜臣は、常に多数の側が勝つようになっている、と言った。確かに、さっき叩きのめした奴らは近い将来、社会の真ん中に入っていって、違う形で僕たちを叩きのめして勝利を収めようとするだろう。そして、僕たちは何度も敗北をなめることになるだろう。でも、それが嫌なら、こうして走り続ければいい。簡単なことだ。奴らのシステムから抜け出せばいい。小学校一年生の徒競走みたいに走り続ければいい——。


サイレンの音が耳に戻ってきた。

目の前で飛びまわっていた小さな光の点が消えていき、代わりにみんなの顔が次々と浮かんだ。

僕は祈りが届くように一瞬だけ、強く目を閉じた。

みんな、走れ、走れ、走れ。

8

『カッコーズ・ネスト』襲撃の二日後の月曜日、僕たちは学校で会合を持った。

メンバーのほとんどの顔には生々しい青痣《あおあざ》が残っていたり、唇には深い切り傷が刻まれていた。でも、一様に晴れがましい表情で、自分たちの活躍を誇らしげに語り合っていた。

襲撃は新聞の片隅にも報じられた。《OFFICE》の中にいた連中もどうにか逃げを打てたらしく、「乱闘騒ぎ」という活字以外は見かけなかった。いまのところ、僕たちに捜査の手は伸びていない。

舜臣が穂積陳重《ほづみのぶしげ》の『復讐《ふくしゅう》と法律』を閉じたのと同時に、会合が始まった。

襲撃が成功した結果、バイトをして稼いだ金が丸々浮くことになった。そこでみんなに使い道の意見を求めると、いいホテルに泊まろうとか、ダイビングの免許を取ろうといういまいちの意見や、プロレスを見に行こうとか、ラスベガスに行こうという完全に趣旨から離れた意見まで飛び出してきた。

進行役の僕は教壇に座ってみんなの意見をまとめていたのだけれど、みんながあーでもないこーでもないと言っている姿を見ているのは、とても楽しかった。実を言うと、僕にはものすごく良い計画があったのだが、みんなの楽しそうな姿をもう少し見ていたかったので、言わないで黙っていた。

やがて、ザ・ゾンビーズ内の知性派と武闘派がお約束のように真っ二つに分かれ、言い争いを始めた。この二派はグループ名を決める時も『ザ』をつけるかつけないかで言い争いをしたのだ。結局、全面抗争に発展する前にヒロシが、「ビートルズにも『ザ』がつくから、『ザ』があってもいいんじゃない」と言って、争いを収めたのだった。

僕は全面抗争が始まる前に両派をなだめ、僕が持っている計画を口にした。数秒後、歓声が湧き、即決した。

その日の夜、僕は彼女の家に向かった。まず、最寄り駅に着いて電話をすると、たまたま彼女が出たのだけれど、一瞬にして電話を切られた。仕方がないので、家に向かった。頑丈そうな鉄製の門扉の前に立って、深呼吸をしたあと、インターホンを押した。なにも反応がなかった。もう一度押した。反応はなかった。灯が漏れている二階の窓を見上げると、人影がかすかに動いたのが見えた。

あれこれ考えた挙げ句、僕は窓に向かって大きな声で言った。

「俺には翼なんてないから、塀をよじのぼって中に入っちゃうぞ。もしそれを誰かに見られて、警察に通報されて家宅侵入で捕まったらおまえのせいだからな。前科者になったら、俺はグレちゃうぞ。シンナー吸っちゃうからな。万引きしちゃうからな。公務員を目指しちゃうからな……」

そこまで言った時、二階の窓がガラリと開いた。彼女が笑って肩を揺らしながら、口に人差し指をあてていた。十秒後、玄関のドアが開き、彼女が出てきた。頑丈そうな鉄製の門扉が内側に開かれる。僕は外に出てこようとする彼女の肩を摑《つか》んで押し留め、強引に敷地に入り、そして、彼女にキスをした。彼女は一瞬体を硬くして身を引くそぶりを見せたけれど、僕がぴったりと身を寄せると、徐々に体の力を抜き始めた。僕は肩に置いていた両手をゆっくりと下ろしていき、彼女の腰にあてた。とても細い腰だった。柔らかさを確かめようと親指を少し動かすと、彼女の肩が小さく震えた。僕たちは唇を離した。彼女は僕の右肩に顎《あご》を載せ、静かに呼吸をしたあと、言った。

「客席のことが気になって、五ヵ所もセリフを間違えたんだから」

僕は、ごめん、と謝った。彼女は訊《き》いた。

「あの日、どこで何をしてたの？」

「俺のアリバイは新聞に載ってるよ」

彼女は顎を上げ、少しだけ身を引いた。顔には驚きの表情が浮かんでいた。

「話したいことが山ほどあるんだ」と僕は言った。「時間はある？」

彼女はうなずいた。

「今日、家にはわたししかいないの……」

彼女の体がまた硬くなった。僕は彼女の腰から手を離し、「ファミレスで甘いもんでも食いながら話そうぜ」と言った。彼女は嬉《うれ》しそうに、うん、とうなずいたあと、コートを取りに家の中に戻って行った。彼女の足取りがまるでスキップしているみたいだったので、僕は軽く笑った。

9

数回の会合が持たれ、僕が出した計画が煮詰まった。

三月五日、ザ・ゾンビーズは校内での最後の会合を、大きな拍手で打ち上げた。

会合のあと、ザ・ゾンビーズの《生みの親》である生物教師の米倉、通称ドクター・モローに会いに舜臣や萱野や山下らと連れ立って廊下を歩いている時、マンキー猿島と出くわした。

「渋谷の一件、おまえらじゃねえだろうな」

マンキーが凶暴な爬虫類《はちゆうるい》の笑みを口元に浮かべながら、言った。僕たちが無言で応えると、マンキーは笑みを消し、舜臣を睨《にら》みつけた。

「卒業式は一週間後だな。それが終わったら、お前とは教師でも生徒でもなくなる。俺の言ってる意味が分かるか？」

舜臣は、睫毛《まつげ》一本動かさずにマンキーのことを見ていた。マンキーは続けた。

「卒業式が終わったら、速攻襲ってやるからな。覚悟しとけよ」

マンキーはそれだけ言って、僕たちの前から去っていった。僕たちは何事もなかったかのように、歩を再開した。

職員室からポツンと離れた場所にある生物研究室に、ドクター・モローはいた。僕たちが計画を話すと、ドクター・モローはとても楽しそうに微笑み、そして、机の引き出しの中から、こぶしぐらいの大きさの赤茶けた塊を取り出し、僕の手のひらに置いた。硬い石の感触を持つその塊は、バラの花のような形をしていた。

「砂漠のバラだよ」ドクター・モローは優しい声で言った。「砂漠で硫酸バリウムが砂を取り込んで結晶すると、こんな形になる。元はただの砂粒でも、きちんとした媒介物があって結晶すれば、こんなに美しいものになるんだ」

僕たちが黙って《砂漠のバラ》を眺めていると、ドクター・モローは笑みを深め、言った。

「それを、わたしの代わりに板良敷君のお墓に供えてきてくれ」

僕はその言葉に、しっかりとうなずいた。

話を終えても、なんとなく去り難くて、僕たちは無言のまま、少しの時を過ごした。午後五時の下校を告げるチャイムが鳴ったのをきっかけにして、研究室を出ていこうとする僕たちに、ドクター・モローが言った。

「気をつけて行ってきなさい。そして、卒業おめでとう」

僕たちは、僕たちの媒介物に、深く頭を下げて、お別れの挨拶《あいさつ》を済ませた。

沖縄出発の一日前、アギーから絵葉書が届いた。地中海の綺麗《きれい》な海の写真の裏には、たった一行の文面が書かれていた。

スペインの女は最高です。

卒業式の三日前、『ザ・ゾンビーズ』は沖縄に出発した。

当初の予定では飛行機で直行するはずだったのだけれど、僕が出した計画のために倹約の必要が生じたので、有明埠頭《ふとう》からフェリーで向かうことになった。五十時間以上の船旅だった。

卒業式をすっぽかすのには深い意味はない。沖縄行きのフェリーは週に一便しかなく、計画をうまい具合に実現するには卒業式三日前の便が最適だったのだ。

フェリーに乗ってすぐ、メンバーたちは麻雀《マージャン》をしたり、モノポリーをしたり、ミュージシャン志望の連中のギターとブルース・ハープに合わせて歌を歌ったり、異種格闘技戦をやったりと、それぞれが好き勝手に遊び始めた。

僕はみんなの様子を簡単に見てまわったあと、甲板に腰を据えて舜臣から借りたジャンケレヴィッチの『死』を読んだ。難しくて取っつきにくい部分が多かったけれど、頑張って読み進めた。三十時間をかけて読み終えるまで、一睡もしなかった。不思議なことに、眠くもならなかった。ちょうど読み終えた時、分厚い雨雲が太陽を覆い隠して、激しい通り雨を降らせた。僕は雨に濡《ぬ》れるのも構わず、甲板の手摺《てすり》から身を乗り出し、無数の雨粒が海に落ちていく様子をずっと眺めていた。空と海は雨の糸で繋《つな》がり、圧倒的な一体感を醸し出していた。僕はなんとなく羨《うらや》ましくなって手摺からさらに身を乗り出し、空と海のあいだに割り込んで強引に仲間入りを果たした。ほどなく雨雲が去り、太陽がまた顔を覗《のぞ》かせた。キラキラ光っている海面を遠くまで目で追っていくと、遥《はる》か水平線の近くで虹がマクドナルドのマークみたいに二重にかかっていた。恐いぐらい綺麗だった。僕はそれを見ながら少しだけ泣いたあと、ひどく眠いことに気づき、寝ることにした。僕は『死』の中にあった、「死なないものは生きていない」という一節を、三度唱えて眠りに就いた。

そして、当然のように夢にヒロシが出てきた。ヒロシは相変わらず骨と皮だけで、さらには落ち窪《くぼ》んだ眼窩《がんか》の中の目が黄色い光を帯び、ゆらゆらと揺れていた。僕は、へへへ、と笑って、言った。

――おまえには悪いけど、俺は女も金も名誉も欲しいものは全部手に入れるつもりだよ。なんなら世界だって変えちまうつもりさ。羨ましいだろ。俺は生きてるうちに、めいっぱい楽しむんだ。でも、おまえのことは絶対に忘れないよ。おまえが望んでいたことも俺のやり方でやってみるつもりだよ。だから、そんなに恐い顔して出てくんなよ。いつもションベンちびりそうになってんだぜ。

僕が言い終わると同時に、ヒロシは急に出会った頃のふっくらしたヒロシに戻った。僕とヒロシは見つめ合い、へらへらと笑った。

あと三時間ほどで到着とのアナウンスが流れると、ミュージシャン志望の連中がメインデッキに引っ張り出され、他の乗客や暇な乗務員も巻き込んでのライヴが始まった。

僕たちはボブ・ディランの『ライク・ア・ローリング・ストーン』に合わせて体を揺らし、『ノッキン・オン・ヘブンズ・ドア』を合唱した。そして、沖縄の島影が遠くに見えた時、天に届けとばかりの歓声を上げた。

結局、五十四時間をかけて、僕たちは沖縄に到着した。

沖縄に上陸したのは夜だったので、僕たちは港の近くの素泊まり二千五百円の民宿をいくつか探し、分散して泊まった。

翌日の朝早く、僕たちはワゴンのレンタカーを十台借り、免許を持っているメンバーの運転でヒロシの墓に向かった。ヒロシの墓は宜野湾《ぎのわん》市の普天間《ふてんま》飛行場からほど近い場所にあった。小さな墓地だった。内陸部なので、海も見えなかった。

僕は来る途中にアギーから貰《もら》った金で買ったラッキー・ストライクのカートンを開け、煙草をみんなに配った。ラッキー・ストライクはヒロシのお気に入りだった。全員がヒロシの遺品のジッポーのライターで次々と火をつけて一服したあと、その煙草をヒロシの墓に供えていった。四十七本の煙草がうずたかく積まれ、ちょっとしたぼや並みの煙を吐き出していた。ドクター・モローから預かった、《砂漠のバラ》も供えた。

ザ・ゾンビーズの解散式は滞りなく終了しようとしていた。最後に、みんなに促されて僕が締めの言葉を言うことになった。僕が、「真面目バージョン？　ふざけバージョン？」と訊《き》くと、真面目バージョンの要望が多かったので、真面目な言葉を吐くことにした。そして、僕はある短い言葉を口にした。確かに口にした。でも、僕が口にしたのとほとんど同時に「ドーン！！！！」というものすごい爆音がし、僕の声はたわいもなくかき消され、存在した形跡さえ奪われた。得体の知れない圧倒的な爆音に驚いたメンバーたちは、目を大きく見開き、口をポカンと開けながら空を見上げていた。何人かはあまりの驚きで地べたにへたり込んでしまっていた。僕の言葉のことなど、誰も気にしてはいなかった。

「なんだよ、いまの……」

誰かがポツリとつぶやいた。僕はいまの音の正体を知っていた。《ソニック・ブーム》というやつだ。戦闘機が超音速で飛ぶ時に発生する衝撃波が、地上に届いた時に爆音を鳴らすのだ。前に、ヒロシに聞いたことがあった。ヒロシは《ソニック・ブーム》を聞いて育った。ヒロシは《ソニック・ブーム》を憎んでいた。僕は舜臣と萱野の顔を見た。僕たちはうなずき合った。

僕が、「いつかきっと、さっきの言葉を取り返してやるぞ」、なんてひとりで熱くなりながら思っていると、山下が口を真一文字に結び、こぶしを握り締めながら、つかつかと僕のほうに歩いてきた。目には薄く涙が浮かんでいる。山下は口を開き、思い切ったように言った。

「ションベン、ちびっちゃった」

ヒロシの墓をあとにし、僕たちは那覇空港に向かった。途中、コンビニに寄って、山下の替えパンツを買った。空港に着いて、送迎デッキに上り、僕たちはそわそわしながら、相変わらず真っ青に晴れ渡った空を見つめた。

予定では、あと数十分で僕の計画が実現しようとしていた。僕たちは襲撃で取り戻した金と、自分たちの旅費を倹約した金を合わせた金で、聖和の女の子たちを沖縄に招待した。メンバー三十六人の彼女と、その友達十一人の総勢四十七人。彼女たちは喜んで誘いに乗ってくれた。その四十七人が乗った飛行機が、ほどなくして空港に到着するはずだった。

誰かが、「あっ!」と叫んだ。続いて、「聞こえる聞こえる!」という声も。僕たちは耳をすませた。僕の耳には何も聞こえてこない。再び、「あっ!」という声が上がった。

いくつもの人差し指が宙に浮き、まっすぐに一点を指し示している。僕は指の先を追った。ずっとずっと先のほうに、まだ米粒ほどの大きさだったけれど、丸みを帯びたふくよかな機影が見えた。

僕たちは、「おお！」という歓喜の声を上げた。その場でピョンピョン飛び跳ねている奴もいる。誰かが、「今夜は抜かずの三連発だっ！」と叫んだ。みんながそれに応えて、「よっしゃー！」と叫んだ。僕は、舜臣や萱野や山下や他のメンバーの顔を順番に眺めていった。みんなバカ野郎で大ボラ吹きだった。そして、太陽の光を弾《はじ》き返すような笑顔を浮かべていた。

僕は彼女の小さな手、腰の細さ、唇の柔らかさを思い浮かべた。ちんぽこが硬くなり始めた。萎《な》える気配は一向にない。

機影が近づいてくる。確実に大きくなってきている。

目を閉じた。

耳をすませる。

暖かい風が僕の頬を撫《な》でた。もうすぐ、この暖かい風に乗り、穏やかなジェット音が僕の耳に届くだろう。

僕は、目を閉じたまま、その時を待った。

異教徒たちの踊り

いまからそれほど遠くないむかしの話だ。

ある王国の小さな村に一人の男が流れ着いた。男はその村が気に入り、小さな家を買い取って住み始めたが、村人たちは男に心を開こうとはしなかった。男の姿かたちや話す言葉が、村人たちとはまるっきり違っていたし、それに、男は村人たちの信じる宗教にまるっきり関心を示さなかったからだ。村人たちは、得体の知れないその男を恐れ、遠ざけた。

男が村に住み始めてから二十回目の日曜日、祈りを済ませた村人たちが教会から出てくると、教会前の広場に、男が立っていた。男は村人たちを静かに見まわしたあと、突然踊りを踊り始めた。村人たちはひどく驚いたが、男の踊りから目を離すことができなかった。男が両手を大きく広げて踊る姿は、まるで大空を自由に飛びまわるタカのように見えた。両足を蹴《け》って宙に舞い上がる姿は、まるで海の中を優雅に泳ぐイルカのように見えた。男の体はまるで重力から解き放たれているかのように自由で、圧倒的だった。気がつくと、広場はすべての村人たちで埋まっていて、男が踊りを終えた時、雷鳴のような歓声と拍手が広場に満ちた。そうして男は村人たちに受け入れられた。

男の評判はいつしか遠くの村にまで伝わり、その踊りを一目見ようと、多くの人々が男のいる村を訪れるようになった。男はいつの時も、ただ黙々と踊り続けた。男の噂が嫉妬《しっと》深い王の耳に入ったのは、男が村で四十五回目の日曜日を迎えた時だった。王は部下に命じた。

「異教徒の両足を切れ」

部下は王の命令通り、男の両足を切った。村人たちは男の踊りが二度と見られなくなったことを、ひどく悲しんだ。しかし、男が村で迎える七十回目の日曜日、両足をなくした男はまた広場に姿を現した。

そして——

1

その噂の信憑性《しんぴょうせい》のほどは確かではないけれど、電話を発明した張本人である、イギリス出身の音声生理学者は、電話を極度に嫌っていたそうだ。理由は単純。うるさいからだ。なんて身勝手で分かりやすい学者さんなのだろう。知り合えたら、きっと親友になれたと思う。

二十八回目のベルでようやくベッドから腕を垂らし、床に置いてある電話機の場所をどうにか探り当て、受話器に軽く触れたあと、三十五回目まで待った。鳴り止みそうにない。向こうも意地になってるんだろう。僕が折れることにした。僕は平和主義者なのだ。でも、悔しいので四十六回目までは待つことにした。

……四十五、四十六、受話器を上げた。

「イラつくぜ。どうせならキリよく五十まで待てよ」

『ザ・ゾンビーズ』の良心、井上からだった。

「そうはいくか」と僕は言った。「なんの用？」

「今日は夏休み初日だよな」

「それがどうかしたか」

「もうそろそろ陽も暮れようとしてる」

「だからどうした」

「なのに、おまえはたぶんベッドの中だ。小学生の頃の夏休み初日を思い出してみろよ」

「………」

「虚しくなったか？」

「うるせえ。徹夜で本を読んでたんだよ」

「なんの本？」

僕は枕元に置いてある、文庫本を手にした。

川端康成、『伊豆の踊子』。

夏休みの課題図書の定番。不覚にも感動した。何が悪い？

僕は言った。

「ギャビン・ライアル、『もっとも危険なゲーム』」

「ははん」と井上が芝居がかった声を上げた。「おまえは退屈を持て余してるな。トラブルが恋しいんだろ？」

その通り。僕は、せっかくの高校最後の夏休みなのに、彼女もいず、かといって打ち込む趣味もなく、さらには勉強をする気もない、精力と体力と知力を持て余している健全な十八歳の男だった。でも、それを簡単に認めてしまうのは、悲し過ぎる。

「退屈？」と僕も芝居がかった口調で言った。「僕の辞書にそのような言葉は存在しないのだよ、井上君」

「そうか、それは残念だな。退屈をぶっ潰《つぶ》すには、ぴったりの事件だと思ったのに。それじゃ、ほかをあたることにするよ」

　事件――。なんて甘美な響き。

「……なんだよ。もったいぶるなよ」

「聞きたいか？」

　井上が骨を投げた。反射的に口の端からよだれが垂れる。我慢しろ。まだ食らいつくな。

「どうせメンバーの誰かがカツアゲされたから、金を取り返しに行くとかそんなことなんだろ？」

　ふふふ。井上の不敵な笑い声。

「言えよ。でも、ハンパなもんだったら、ソッコー切るからな」

「安心しろ」と井上が真面目な声で言った。「美女が命を狙われてるんだ」

「井上、愛してる」

　骨に食らいついた。なんてあっけない。

「どこに行けばいい？　どこにでも行くよ」

　電話を切ったあと、体を投げ出すようにしてベッドから下り、夏休み初日にプールに向から小学生のように浮き浮きしながら、外出の支度を始めた。口笛で、『インディ・ジョーンズ』のテーマなんかを吹きながら。

あとになって、井上が『もっとも危険なゲーム』と名付けることになる事件の幕開けは、こんな感じだった。そう、僕としては退屈しのぎの、ちょっとした冒険に出掛けるぐらいのつもりだったのだけれど――。

とにかく、僕の高校生活最後の夏休みは、こんな風にして本格的な始まりを告げたのだった。

2

その有名私立大学は、有能か無能かを問わなければ、数だけはやたらと多くの総理大臣経験者を卒業生として世に送り出していることで、全国に名を馳《は》せていた。

僕が通っている高校からさほど遠くない場所にあるのだけれど、接点は皆無だ。いや、一度だけ冬の体育の授業の長距離走で校外を走らされた時、広いキャンパスの中を横切ったことがある。

「いいかー、将来、自分の子供にキャンパスの中を走ったことを自慢するんだぞー。おまえらじゃ、逆立ちしても入れない大学なんだからなー。俺に感謝するんだぞー」

もちろん、僕らを引率してたのも、厭味《いやみ》な笑みを浮かべながらその言葉を吐いたのも、民族系の低能体育教師、マンキー猿島だった。

僕は、井上が指定してきた第五校舎の中にあるカフェテリアに向かうために、久し振りのそのキャンパスを横切っていた。夏休みに入っているはずなのに、やたらと学生の姿が目につく。みんな一様に紺のスーツ姿、それに、みんな一様に緊張と疲労で強《こわ》ばったような顔つきだ。就職活動も大詰めの時期を迎え、夏休みも関係なく、文字通り額に汗して歩き回っているのだろう。快適なTシャツ姿の僕は、彼らを横目にしながら、第五校舎の中に入った。

夏休み中の夕方だけあって、カフェテリアは人影もまばらだった。一番奥の六人掛けのテーブルに座っていた井上は、僕の姿を見つけると、大きく手を振った。井上の向かいの席に座っている紺のスーツ姿の女が、ちらとうしろを振り返り、僕のことを見た。

テーブルに辿《たど》り着いた。紺のスーツ姿の女が、席から腰を上げ、深々と頭を下げたあと、緊張した面持ちで名を告げた。

「吉村恭子《よしむらきょうこ》といいます」

細めの輪郭、通った鼻筋、色白の肌。そういった特徴をまとめてなんと言ったっけ？古い日本の小説では、美人を表現する時にたいていその言葉を使っていたはずだ……。

「南方《みなかた》と言います」と僕は言った。「南方熊楠《くまぐす》と同じ南方です」

吉村恭子は、「?」を頭の上に浮かべながら、少しだけ首を横に傾げた。それまで無理に作っていた《女の人》の表情が崩れ、《女の子》が顔を出した。ダメを押すことにした。

「おでこの富士がとても可愛いですね」

僕がそう言うと、吉村恭子は一瞬驚いた表情を見せたけれど、すぐに頬を赤らめ、柔らかく微笑んだ。

「ありがとう。さっき、井上君にも言われました」

井上がクスクスと笑っていた。ザ・ゾンビーズのメンバーはみんな知っている、《富士額のテク》だった。それを教えたのは、もちろん、アギー。

僕は、井上の肩に軽くパンチを入れながら、隣の席に腰を下ろした。吉村恭子が席に座るのとほとんど同時に、井上が口を開いた。

「吉村さんは、俺の姉貴と中学時代の同級生で、この大学の法学部の四年。ちょっと困ったことがあって、姉貴を通して俺に助けを求めてきた」

「夏休み中なのに、わざわざすみません」

吉村恭子はそう言って、軽く頭を下げた。

「気にしないでください」さっそく本題に入ることにした。「その困ったことって、どんなことなんですか？」

吉村恭子の顔に、暗い陰が落ちた。井上が電話で言っていたことを思い出した。美女が命を狙われている——。

井上が代わりに口を開いた。

「吉村さんは、ストーカーに悩まされてるんだ」

ストーカー？　《変態》のこと？　もしかして俺は変態退治に駆り出されたわけ？　命の危険はどこに？

僕が胸の中でため息をつくと、地獄耳の井上がそれを聞きつけ、言った。

「話は最後まで聞けよ」

吉村恭子の独り暮しの部屋に無言電話がかかり始めたのは二週間前からで、初めはまったく気にしなかったらしい。

「女性の独り暮しにとって、イタズラ電話は必ずついてくるオマケみたいなものですから」

初耳だった。吉村恭子は続けた。

「中には、ひどくいやらしい言葉を投げつけてくる電話もあるので、無言電話ぐらいならなんともないんです。でも、その無言電話はちょっと違うんです」

「どう？」と僕。

「とても規則正しいんです」

吉村恭子の眉間《みけん》のあたりが、どんよりと曇ってきた。

「どんな風に？」

「毎晩必ず同じ時間にかかってくるんです。それも、一秒の狂いもなく」

無言電話が始まった晩、吉村恭子はたまたまラジオを聴いていた。『午後九時をお知らせします、ピッ・ピッ・ピッ……』。ポーンという時報音とともに、電話のベルが鳴った。翌日もラジオをつけていた。ピッ・ピッ・ピッ……。その翌日は、テレビの画面にNHKを映し、音を消して待った。九時の画面に変わった瞬間――。その翌日も、その翌日も、その翌日も。

「相手は、一言も喋《しゃべ》らないんですか」と僕は訊《き》いた。「ただの一言も？」

吉村恭子はうなずいた。「わたしが電話に出ると、一秒ぐらいの間を置いて切るんです」

「点呼でも取ってるみたいだな」と井上。

「ナイス。そういう発想をしてくれると会話がふくらむよ」僕は井上にそう言ったあと、吉村恭子に訊いた。「無言電話がかかり始めてから今日までのあいだ、午後九時に必ず部屋にいたんですか？」

「いいえ」吉村恭子は小さく首を横に振った。「ここのところ、就職活動の疲れとかがあって、遊ばずに部屋にいることが多かったんですけど、それでもこの二週間の内、何日かは午後九時に部屋にいなかったです」

「その何日か、点呼を取れなかった変態野郎はどうしたんですか？」と僕。

「ちゃんと午後九時ぴったりにかけてきて、留守番電話に無言のメッセージを吹き込んでました。でも、それだけじゃないんです。もしかしたら、わたしの思い違いかもしれないけど……」

僕と井上が黙って先を促すと、吉村恭子は少しためらいがちに言葉を続けた。

「電話に出なかった日には、必ずって言っていいほど家の近所で視線を感じるようになったんです。最寄り駅の改札を出た時とか、家までの道を歩いてる時とか、生ぬるい風が急に首筋を撫《な》でるような感じがあって……」

僕たちのテーブルのまわりに、束の間濃い沈黙が漂った。僕は井上に訊いた。

「で、俺はなにをすればいいわけ?」

「ボディガード」井上はきっぱりと言った。「吉村さんを守ってやって欲しいんだ」

ボディガード――。なんて甘美な響き。

待て、今度こそ我慢しろ。食らいつく前にきちんと確かめるんだ。

僕は、考えていることを、正直に口にすることにした。

「聞いてる分では、いまのところ、単なるイタ電の域を越えてませんよね。詳しいことはよく分からないですけど、いまはイタ電の撃退機能がついた電話機が売ってたりとか、電話会社がそういうサービスをしてたりするんでしょ、確か。そういうのを活用すれば、解決する話じゃないんですか」

「その通りかもしれないけど……」吉村恭子はそう言って、視線をテーブルの上に落とした。

「視線に関しては、イタ電で過敏になってた神経が、たまたまエロオヤジかなんかの視線を捉《とら》えちゃって、変なふうに増幅しただけかもしれないし。視線を感じた時、まわりに不審な人物を見かけましたか?」

吉村恭子は下を向いたまま、首を小さく横に振った。

「別に、ボディガードをやりたくないわけじゃなくて、でも、もう少し様子を見てからでも――」

吉村恭子が唐突に視線を僕に戻して、僕の言葉を遮った。挑みかかるような、強い眼差しだった。

「言おうかどうか迷ってたんですけど……。三日前、無言電話がかかり始めてから初めて友達の家に泊まったんです。翌日の昼頃、家に帰って来て、鍵《かぎ》を開けようとしてドアのノブに触れたら……」

吉村恭子の強い躊躇《ちゅうちょ》を感じた。僕と井上は、黙って言葉の続きを待った。

「男の人のあれが、べっとりついてて……。あの……、あれって言うのは――」

「言わなくても分かります」井上が助け船を出した。

一応確認のために聞いておきたかったけれど、井上の出した船を沈ませるようなことはしなかった。《あれ》とは、たぶん、精液のことだろう。

「そのことがあって、ものすごく怖くなって井上君のお姉さんに相談したんです。そうしたら、弟とその仲間が助けてくれるだろう、って」

吉村恭子はそう言って、すがるような眼差しを僕に向けた。

オーケー、変態野郎が実在してるのは確かなのだろう。もしかしたら、無言電話の主と同一人物かもしれない。無言電話にドアノブの精液。変態の二冠王だ。もしかしたら、下着ドロもやっていて、変態業界の三冠王かもしれない。そして、三冠王対策には、《変態シフト》を敷ける専門の守備陣が必要だ。

「警察に通報したほうがいいんじゃないですか？　それが一番いいと思いますけど」と僕は言った。

「それも考えました。でも、夜道で痴漢に遭《あ》ったりとか、下着泥棒に遭ったりした友達が警察に通報したら、警官にプライベートなことまで根掘り葉掘り訊かれて、自分が加害者になったみたいにものすごく嫌な気持になったって言ってたんです。中には、あんたは淫《いん》乱《らん》な感じがするからあんたにも責任がある、って言われた子もいて……」

やれやれ。頼りになるはずの守備陣の無様な落球を聞いて、僕がため息をつくと、吉村恭子は意味を取り違えたのか、慌てた様子で言葉を続けた。

「何日かだけでいいんです。駅から家まで送ってもらって、あと、九時に無言電話に出てもらいたいんです。そうすれば、相手も諦《あきら》めると思うんです。ダメでしょうか？」

「変な意味に取らないで欲しいんですけど」と僕は前置きをして、訊いた。「つきあってる彼氏はいないんですか？」

「います」

「それじゃ、彼氏に頼んだらどうですか？　それが普通だと思うんですけど」

「でも……」

「彼氏がひ弱で頼りないとか？」

「いいえ、この大学の体育会空手部の人です」

僕は井上の顔を見た。井上は、俺もわけわかんねーよ、といった表情で僕の顔を見ていた。視線を吉村恭子に戻し、訊いた。

「そもそも、このことを話してるんですか？」

吉村恭子は首を横に振った。

「どうして？」と僕は強い口調で訊いた。

吉村恭子は、短いためらいのあと、答えた。

「彼に、変態に好かれるような女に思われたくないんです……」

また井上の顔を見た。井上は感心したようにうなずきながら、女心ですねぇ、と言った。どいつもこいつもわけわかんねーよ。

僕が長いため息をついていると、井上はそれを断ち切るように、言った。

「安心してください。こいつは頼りになる奴ですから」

あっけに取られている僕に向かって、吉村恭子は、いまにも消え入りそうな、か細い声で言った。

「わたし、ものすごく怖いんです……」

思い出した。古い日本の小説で、美人を表す時によく使われるのは、確か、《瓜実顔《うりざねがお》》。その瓜実顔の美人が、いま僕に切実な視線を注いでいる。まるで母親の庇護《ひご》を必死に求めている、生まれ立ての小動物のように。

美人を守るボディガード美人を守るボディガード美人を守るボディガード、胸の中で三回そうつぶやき、気持を奮い立たせたあと、僕は言った。

「オーケーです。あなたを守ります」

3

吉村恭子がトイレに立ってすぐ、井上の肩に強いパンチを三回入れ、言った。

「おまえが守ってやればいいじゃないか」

「俺は明日から二泊三日のバイトがあるんだよ」井上は肩をさすりながら、言った。「萱野と一緒に、岡山のほうに高速道路を敷きに行くんだ」

「なんで俺なんだよ。ボディガードなら、舜臣あたりが適役だろうが」

「つかまらなかった。家にいたのは、おまえだけだったんだ」

もう一度、強いパンチを井上の肩に入れた。

「なにが、美女が命を狙われてる、だよ。まんまと乗せられたよ」

僕がそう言うと、井上は肩を揉《も》みながら、言った。

「でも、最近は、ストーカー殺人とかやたらと多いじゃねえか。吉村さんの話を聞いてるかぎりじゃ、やばそうな奴だと思ったんだよ」

「ストーカーなんて横文字の名前にするから、やばそうに聞こえるんだよ。要は、《変態》のことだろ。よし、目を閉じてみろ」

井上は、素直に目を閉じた。

「ある男がおまえに襲いかかってきた。相手は《ストーカー》だ……。どうだ？　ゲイリー・オールドマン並みに凶悪な顔をしてるだろ？」

井上は目を閉じたまま、強ばった表情で、コクンとうなずいた。僕は続けた。

「さて、次だ。ある男がおまえに襲いかかってきた。相手は《変態》だ……」

井上は相変わらず目を閉じたまま、ぷっと吹き出した。僕は続けた。

「なんかみょーに髭《ひげ》が濃くて、マンガの長嶋茂雄みたいに口のまわりが青かったりするだろ？　髪型は七三だったりして。いや、八二かな。で、Tシャツの襟がダラーンて伸びてたりしない？」

　爆笑が起こるはずだったのに、井上の口から出てきたのは、軽いため息だった。僕は訊《き》いた。

「どうした？」

　井上は目を閉じたまま、答えた。

「兄貴の顔が浮かんできた……。うちの兄貴、売れないアイドルの追っかけやってんだよな……」

　僕は、落ちている井上の肩を優しく叩《たた》いた。井上が目を開けた。井上がまたため息をつき、きれいだな、とつぶやいた。井上の視線を追った。吉村恭子が戻ってきていた。

「ちゃんと守ってやってくれよ」と井上は言った。

「まかせとけ」僕はきっぱりと言った。「それに、俺はストーカー殺人なんてものに巻き込まれるほどヒキは弱くねえよ。山下じゃあるまいし」

　山下の名前を聞くと、井上はまるで条件反射のように、ケラケラと笑った。

大学の正門前で井上と別れ、吉村恭子と最寄りのJRの高田馬場駅まで歩いた。

その三十分ほどの道すがら、僕はザ・ゾンビーズのことについて話した。吉村恭子は、とても楽しそうに耳を傾けていた。そして、《史上最弱のヒキを持つ男》、山下の話をすると、吉村恭子は時々足を止め、身をよじるようにして、笑った。こんな感じで。

「山下は逆子で生まれたんです。お産に十八時間ぐらいかかったから、お母さんの出血がひどくて輸血を受けたんですけど、その血液のせいでお母さんがB型肝炎に感染しちゃったんです。それだけじゃなくて、お産に立ち会おうとお父さんが車で病院に向かったら、タイヤがいっぺんに二つもパンクしたそうです。お父さんが道路で立ち往生してたら、急に雷が鳴って、ものすごく大きな雹《ひょう》が降ってきて、それが後頭部にぶつかって血が出たそうです。山下の生まれた日が六月六日で、お父さんとお母さんが初デートで観た映画が『オーメン』だったもんで、二人は山下のことを、ダミアンの生まれ変わりじゃないかって、本気で心配したらしいです」

ストップ。爆笑。

「初デートで『オーメン』を観るカップルも、どうかと思うんですけど」

ストップ。爆笑。

ひとしきり笑った吉村恭子は、目尻《めじり》にたまった涙を指で拭《ぬぐ》いながら、言った。

「嘘つき」

ぜんぶ本当なのに。

駅に着いた。間の悪いことに、ラッシュ時だった。

人がぎゅうぎゅうに詰まった電車が、重そうに車体を揺らしながら、ホームに入ってきた。ついさっきまで笑っていた吉村恭子の顔が、緊張でかすかに歪《ゆが》んでいた。

ドアが開き、電車が多くの乗客を吐き出して、また吸い込もうとした瞬間、僕は吉村恭子の手を摑《つか》んで、いち早く電車に乗り込んだ。シートは全部埋まっていた。仕方がないので、ちょっと乱暴に乗客をかき分けながら、急いで車両の連結部分のドアに向かい、吉村恭子がそれを背にできるようにして立たせた。他の乗客が一気になだれ込んできて、僕の背中を押した。僕は吉村恭子の手を離したあと、ドアにしっかりと両手をついて、彼女の体を胸の中にすっぽり収めるようにした。即席のバリアが完成した。

僕の意図を悟った吉村恭子は、嬉《うれ》しそうに目を細めながら、唇を僕の耳に近づけ、ありがとう、と囁《ささや》いた。吉村恭子は、とても良い匂いがした。

電車が走り出してすぐ、ストーカー野郎の気持が分かりかけてきたので、とりあえず吉村恭子の瓜実顔が視界に入らないよう、視線を上に向けた。その代わり、週刊誌の吊り広告に書かれた大きな文字が、３Ｄの迫力で目に飛び込んできた。ある記事の見出しは、すべての主婦が亭主の不在時に浮気をしていると決めつけ、ある記事の見出しは、すべての女子高生がドラッグ中毒と淫乱《いんらん》であると決めつけ、ある記事の見出しは、すべての在日外国人が犯罪者であると決めつけていた。例えば、将来僕が勤め人になって、こんな吊り広告ばかりの電車に何年も何年も乗り続けたら、どうなるだろう？　気がついたら世の中を斜めに見るようになって、そのせいで色々なことにすぐ失望する癖がついて、そのせいで何事に対しても諦《あきら》めが早くなって、そのせいでいつも愚痴ばかり言っているつまらない人間になるだろうか？　そんなのいやだ。マイナスの連鎖はどこかで断ち切らなくては。できるなら、いまこの瞬間にでも。僕は変態になってもかまわない覚悟で、視線を元に戻した。吉村恭子の笑顔が待っていた。

絶対に彼女を守ることを、心に誓った。

渋谷で電車を降り、私鉄に乗り換えた。

席を確保して、ようやく座ることができた。腰を下ろしてすぐ、吉村恭子に訊いた。

「就職活動は大変ですか？」

吉村恭子は、うなずいた。「大変でした。おかげさまで、内定は獲れましたけど」

「でも」

僕がそう言って、紺色のスーツを指差すと、吉村恭子は眉間《みけん》のあたりを少しだけ曇らせながら、答えた。

「肌を出していると色々な視線が突き刺さってくる感じがして、ひどく不快なんです。だから、この時期でも不自然じゃないスーツを着てるんです」

話題を変えるために、訊いた。

「もしよければ、どこに決まったか教えてもらえますか？」

吉村恭子は、有名な民放テレビ局の名前を挙げた。僕が、そうですか、と簡単な相槌《あいづち》を打つと、吉村恭子は、クスクスと短く笑った。

「なにがおかしいんですか？」

「みんなテレビ局の名前を挙げると、すごいって言って驚くのに」

「僕はテレビを見ないんです。というか、テレビが壊れてて映らないんです。だから、テレビ局の価値がよく分からないんです」

吉村恭子はまたクスクスと笑い、変なの、とつぶやいた。

変かな？

最寄り駅に到着した。

午後七時。駅の構内から出ると、まだ完全には暮れ切っていないオレンジ色の夏の空があった。マンションまでの道を歩く吉村恭子の目に、その美しい色は映ってはいなかった。暗い怯《おび》えの色が黒目がちの目を、さらに黒くしていた。

吉村恭子の緊張をほぐすバカ話を探しているうちに、マンションに着いてしまった。マンションは豪華でも貧相でもない、ごく普通の三階建ての建物だった。

建物の右側にあるコンクリートの外階段で三階まで上り、フロアに立つと、目の前に二つのドアが見えた。ワンフロアに二室の設計になっているらしい。

吉村恭子はフロアを歩いて右側のドアの前に立ち、肩に下げているバッグの中から鍵《かぎ》を取り出した。そして、ほんの少しのあいだ、ノブに触れるのを躊躇《ちゅうちょ》したあと、恐る恐るノブを摑んだ。吉村恭子は、ほっとしたようにひとつため息をつき、鍵を鍵穴に入れた。ガチャ、というシリンダーの回る音がした。

「どうぞ」

吉村恭子がドアを開けながら、言った。

「お邪魔します」

僕は邪《よこしま》な考えを抱いていると思われないように、わざと礼儀正しい感じで、言った。それがおかしかったのか、吉村恭子は口元に微かな笑みを浮かべた。妙に色っぽく見えた。

僕は気づかれないように腹から息を押し上げ、ゆっくりと吐いた。ミイラになってしまわないように気をつけなくては。

部屋の間取りは1DKだった。僕は広めのダイニングキッチンのほぼ中央に置かれたテーブルに座り、Tシャツとジーンズに着替えた吉村恭子が夕食の支度をしているのを、静かに眺めていた。

夕食のメニューは、サラダとミートソース・スパゲティだった。食物繊維、炭水化物、そして、美人。母子家庭で母親が働きに出ている僕にとって、久し振りのまともな夕食だった。

吉村恭子がワインのボトルを開けた。勧められたけれど、断った。

「どうして？　未成年だからとか言わないでしょうね」

アルコールが入って緊張がほぐれた吉村恭子は、かなり砕けた喋《しゃべ》り方になっていた。

「酔っ払ったら、なにかあった時、きちんと守れなくなりますから」

僕がそう言うと、吉村恭子は初めて珍種の動物を見たかのような驚きの表情を浮かべ、そのあとケラケラと笑った。

「陽子――、井上君のお姉さんが言ってたけど、あなたたちって本当に変わってるのね。ねえ、頼んでおいてなんだけど、どうしてボディガード役を引き受けてくれたの？　あなたにはなんのメリットもないことでしょう」

「子供の頃、江戸川乱歩の少年探偵団シリーズを読んで、悪者を倒すことに憧《あこが》れてたからです」

とは言わなかった。僕はちょっとニヒルな感じを漂わせながら、言った。

「トラブルの匂いがすることには、できるだけ首を突っ込むようにしてるんです」

「どうして？」

答えを用意してなかったので、困ってしまった。吉村恭子は答えを促すように、アルコールで潤んだ目をしっかりと僕に向けていた。視線の圧力に耐え切れず、とりあえず口を開くことにした。

「たとえば、僕たちの育った時代に、ベトナム戦争とか学生運動みたいに分かりやすいことがあったら、わざわざ理由なんて説明しなくても済むんですけどね。とりあえずニヒルに笑っとけば、相手が勝手に物語を成立させてくれるでしょ。でも、僕たちの時代にはなんにもないですからね。そんなわけで、僕たちは自分たちで物語を作るために、色々なことに首を突っ込まなくちゃならないんです」

いまいち意味が伝わらなかったらしく、吉村恭子の反応は薄かった。僕は続けた。

「僕たちのメンバーにヒロシっていう奴がいるんですけど、そいつがたまに話してくれるむかし話があって、それを聞いてもらえれば、理由が分かってもらえるかもしれません」

「話してよ」

「うまく話せる自信がないんです。それに、僕が話しても説得力がないと思うし。語り手を選ぶ話って、あるでしょう?」

吉村恭子は、うん、なんとなく分かるわ、と言って、グラスを手に取り、ワインを一口飲んだ。僕は続けた。

「まあ、簡単に言えば、楽しいから、っていうことかもしれないです」

吉村恭子が、いまいち納得のいかない表情で、楽しいからか、とつぶやいたその時――

電話のベル。

ゴツン。

吉村恭子が、持っていたワイングラスをフローリングの床の上に落とした。グラスは割れないで横倒しになり、中身の赤い液体が流れ出して床の上に徐々に広がっていっている。

僕と吉村恭子は、ほとんど同時に床から視線を上げ、テーブルの上に載っている小さな目覚まし時計と、電話の子機を見た。

八時二十六分。

子機は、耳障りな電子音を鳴らし続けている。

「わたしが出ます」

吉村恭子はひどく強張った表情でそう言って、子機を手に取った。震える指先で通話ボタンを押し、耳にあてる。

「……もしもし」

吉村恭子が、目を閉じて、長い息を吐いた。胸が上下する。

「ごめん。ちょっといま取り込み中なんだ。あとでかけ直してもいいかな」

吉村恭子はそう言って、電話を切った。

「友達でした」

僕は吉村恭子の言葉にうなずいて、言った。

「そろそろ準備をしましょう」

床を拭《ふ》き、テーブルの上を片づけ、吉村恭子がワイン色に染まった白い靴下を違う靴下にはき替えると、九時五分前になった。

僕たちは、ダイニングキッチンから寝室へと移動した。テレビをつけ、チャンネルをNHKに合わせ、音だけを消す。その場に至っても、僕は電話がかかってくることに関して半信半疑だった。そんなわけで、テレビの画面が九時の番組の画面に映り変わった瞬間に電話のベルが鳴った時、初めて恐怖心を覚えた。吉村恭子の細い肩が、電話のベルに合わせて、小刻みに揺れていた。僕は吉村恭子に向かってひとつうなずいたあと、ベッドサイド・テーブルに載っている親機の受話器を手に取って、耳にあてた。

「もしもし」

沈黙。

念を押すことにした。

「もしもし。吉村ですけど」

沈黙。

ふいに、濃い悪意が電話線を通して伝わってきた。先入観からではなく、僕は確かにそれを感じた。ひどくざらざらとした質感だった。

電話が切れた。受話器を置いた。吉村恭子の肩は震えたままだ。僕は、大丈夫ですよ、と言って、笑みを浮かべた。ちゃんとした笑顔になっていたかどうかは、自信がないけれど。

念のために九時三十分まで部屋に残った。再び電話がかかることはなかった。

「明日はどうするつもりですか?」と僕は訊《き》いた。

「出歩かないつもりでいます」

「分かりました。それじゃ、明日は夜の八時半頃に部屋に来ますので」

玄関で靴を履き終えたあと、念のために注意をしておくことにした。

「もし夜中に誰かが訪ねてきても、よほど信頼できる人じゃないかぎりドアを開けないほうがいいと思います」

吉村恭子は真剣な眼差しを浮かべながら、しっかりとうなずいた。

部屋を出た。ドアの外でシリンダーが回る音と、チェーンがかかる音を聞き届け、階段に向かった。外階段を降りながら、夜空を見上げた。見事な満月だった。日本にいる狼男は全員変身して、夜の街を彷徨《さまよ》っていることだろう。しかし、満月を見て変貌《へんぼう》するのは、狼男だけではなかった。

階段を降り切って数歩行った場所で、背後に異様な気配を感じた。とっさにうしろを振り返ろうとした瞬間、頭のてっぺんあたりで、ガツッ、という音を聞いた。目のまえで極彩色の火花が散り、生暖かい液体が額からドクドクという感じで流れ落ちてきて初めて、その音の正体が分かった。頭を割られたのだ。血が目に入り、視界が塞《ふさ》がった。必死に手で拭《ぬぐ》う。あっという間に血だらけになった両手を、Tシャツの腰の部分で拭おうと手を下ろした瞬間、首になにかが巻きついた。帯状のそれはちょうど喉仏《のどぼとけ》のあたりに食い込み、次の瞬間、そこを支点にして強烈な力が加わった。身体ごと思い切り後方に引っ張られる。咄嗟《とっさ》に指を喉仏と帯状のもののあいだに差し込もうとしたけれど、遅かった。帯状のそれは僕の皮膚の一部と化したようにぴったりと密着し、指を入れる隙間は見つからなかった。

一気に呼吸が苦しくなった。眼窩《がんか》の奥に悪意のこもった圧力が加わり、目玉を外に押し出そうとしている。耳の奥から、キーンという耳障りな金属音が聞こえてきた。自然と舌が突き出る。死まであと何秒だ？　いや、諦《あきら》めるな。落ち着け、落ち着け、落ち着け。突破口を捜せ。

右耳のすぐうしろで、僕の首を容赦なく締めつけている人間の荒い息遣いを感じた。そして、死ね死ね死ね死ね死ね死ね死ね、という囁《ささや》き声。敵は思ったより接近していた。僕は右手を硬く握り締め、親指だけをピンと立てたこぶしを作ったあと、それを肩越しの敵目掛けて、思い切り突き立てた。ゼリー状の小さな塊をえぐったような感触を親指に感じたのと同時に、ヒッ、という短い叫び声を聞いた。首にかかっていた圧力が一気に弱まる。敵の目玉を突いたこぶしを、勢い良く前方に戻した。反動で肘《ひじ》が後方に跳ね上がる。肘が敵の脇腹あたりに深くめり込んだ。うっ、という低いうめき声とともに背中にかかっていた圧力が消え、それとほぼ同時に、シュルッ、という音を立てながら首に巻かれていた帯状のものが解かれた。

殺意の首輪から解き放たれた僕は、そこから一気呵成《いっきかせい》の反撃を試みようと思ったけれど、ダメだった。視界は相変わらず悪く、息苦しく、なによりも猛烈な吐き気が食道のあたりで駆けずり回り、戦意を削《そ》いでいた。思わず、地面に膝《ひざ》をついてしまった。危険なことは承知していたけれど、知ったこっちゃない。

ラッキーだった。うしろにいた敵は僕の横を素早く通り抜け、カツカツという靴音を立てながら、駅の方向へ走って逃げて行った。マンションの敷地からどうにか這《は》いずり出て、敵のうしろ姿を確認しようと身体を動かした瞬間、しばらくぶりに摂《と》ったまともな栄養分が、僕の意志とは関係なく口から飛び出してきた。ほどよい具合に消化された食物繊維と炭水化物のほとんどを、地面に吐き出した。

吐き気の波がいったん引いたので、まわりを見まわした。左手の地面に、こぶし大ほどの石がポッンという感じで転がっていた。多分、僕の頭を割った凶器。僕は敵の指紋がついている可能性のあるそれを摑《つか》み、濃い闇が広がっているマンションの裏手のほうへ、勢い良く放り投げた。その動きのせいで吐き気の大波が起き、僕はそれに呑《の》み込まれた。胃の中に入っているものをほとんど吐き出したあと、地べたに尻《しり》をべったりとつけて座った。深呼吸をする。頭のてっぺんからは相変わらず血が流れ出ていて、簡単には止まりそうにない勢いだ。血を止めるには、アドレナリンを分泌することだ。そのために必要なのは、闘争心。犯人を憎む心。憎め、憎め、憎め――。

萎《な》えた。いまはただ地面に背中をつけて、横になりたかった。重力が、無理をするな、と言いながら僕の背中を引っ張る。僕は夜空を見上げた。月が僕を見下ろしている。ぼんやり見てんじゃねえよ、手伝え、俺を引っ張り上げろ。

月の引力を借りて、どうにか立ち上がった。いくつかやらなくてはならないことがあったからだ。ダウンするのはそのあとだ。

4

僕の忠告を守り、吉村恭子はなかなかドアを開けてくれようとはしなかった。徹底した身元確認のために、夕方に話した山下の話のダイジェスト版を、頭から血を流しながらインターホン越しにしなくてはならない羽目になった。オチの部分に来ても、インターホンの向こうから笑いは起きなかった。

ようやくドアが開き、僕の様子を見た吉村恭子は、キャッ、という短い叫び声を上げた。

とりあえず細かい質問はあとまわしにしてもらい、なによりもまずシャワーを浴びさせてもらった。血と吐瀉物《としゃぶつ》の名残りを体から洗い流す。頭頂部に触れてみた。触った感じでは、そんなに深い傷ではなさそうだった。敵の気配を感じて振り向こうとしたのが功を奏して、敵の手元を狂わせたのかもしれない。まともに当たっていた時のことは考えないようにした。

シャワーから上がると、僕のために真新しいTシャツが用意されていたけれど、まだ頭からの出血が完全には止まっていなかったので、しばらくのあいだ上半身を裸で過ごすことにした。

ダイニングのテーブルに座り、コンビニのポリ袋に氷を詰めた即席の氷嚢《ひょうのう》を傷の部分に当てながら、下であったことを吉村恭子に話した。

「どうして南方君が襲われなければならないの？」

「獲物を横取りされたと思って怒ったんですよ、きっと」

吉村恭子は僕の無遠慮な物言いに、かすかに不快な表情を見せ、テーブルの上に置いたままになっていた子機を手に取った。

「どこにかけるつもりです？」と僕は訊いた。

「警察に連絡します」

僕は吉村恭子の手から、子機を奪い取った。吉村恭子は戸惑いを、眉間《みけん》の縦皺《たてじわ》で表した。

「困ります」と僕は言った。

「困るって……」

「僕は殺されかけました。借りを返さなくちゃならないんです。この事件はもう僕のものなんです」

僕の声に含まれている強い響きに、吉村恭子は少しだけ怯《おび》えた表情を浮かべた。

「電話を借ります」

僕は氷嚢をテーブルの上に置き、ある電話番号を押した。何度かの呼び出し音のあと、電話が繋《つな》がった。

「もしもし」

電話線を通して、重低音の声が響いてきた。僕は、その頼りがいのある声に向かって、言った。

「俺だ。ちょっとやばいことになってる。いますぐに来てくれよ」

「どれぐらいやばい？」

「殺されかけた」

「分かった。行くよ」

吉村恭子に子機を渡して、最寄り駅の名前とマンションまでの道順、念のために住所と電話番号を教えるように言った。彼女は戸惑いながらもそれらを告げ、受話器を置いた。

そして、僕に訊《き》いた。

「どういうことですか？」

「いまからここに来るのは、僕の仲間の朴舜臣《パクスンシン》という奴です。在日朝鮮人です。ボディガードやるために生まれついたような奴で、僕より三百倍は強いです」

吉村恭子は、だから？　という表情で僕を見ていた。僕は続けた。

「今夜はもう僕はボディガードとして役に立ちません。犯人が戻ってくるとは思わないですけど、念のために舜臣にボディガード役を代わってもらって、寝ずの番をしてもらいます」

吉村恭子の瞬《まばた》きの回数が多くなっている。事態の急展開に頭がついていけず、オーバーヒート気味なのかもしれない。耳から煙が出てないのを確かめ、続けた。

「これは僕の勘なんですけど、犯人は今夜で諦めずに、近いうちにまた襲ってくるような気がするんです」

吉村恭子の体が小さく震えた。

「どうしてそう思うの？」

耳元で聞いた、犯人の「死ね」という囁き声の質感を説明するのは、ひどく難しかった。犯人は、僕であれ吉村恭子であれ、とにかく、誰かを殺さずにはいられない奴なのだ。きっと。

僕が必死に言葉を探していると、吉村恭子は言った。

「やっぱり、警察に——」

「僕に一週間だけください」僕は吉村恭子の言葉を遮った。「確か、今日は土曜日でしたよね？」

吉村恭子はうなずいた。

「来週の土曜日までに犯人を捕まえられなかったら、一緒に警察に出向いて事情を話すことにしてください」

「捕まえるだなんて、そんなこと……。あなたは、ただの高校生でしょ？　いったいなにができるって言うの？」

「僕はハードボイルド小説の愛読者なんです。犯人を捜す方法は知ってます」

僕がおどけながらそう言うと、吉村恭子は長いため息をついた。僕は吉村恭子の目を覗《のぞ》き込み、今度は真剣に言葉を継いだ。

「勝算がなくて言ってるんじゃないんです。僕にしか分からない目印を、犯人の体に刻んでおきましたから。たぶん、それは一週間ぐらいは消えずに残ってるはずです。その目印を頼りに、絶対に犯人を捜し出して、捕まえてみせます。それに、僕にはいざという時に頼りになる仲間がいます。連中と一緒なら、不可能はないんです。だから、僕に一週間だけください。お願いします」

吉村恭子は、なにかを確かめるように僕の目をジッと見ていた。僕は目を逸《そ》らさないまま、黙って返事を待った。吉村恭子は、短く息をつき、不可能がないんじゃ仕方がないわね、とつぶやいたあと、言葉を継いだ。

「その代わり、この一週間は、わたしのことをちゃんと守ってね」

僕はしっかりとうなずいた。

「命をかけて」

頭頂部に触れてみた。血が止まっていた。


吉村恭子の諒解《りょうかい》を得て、小さな冷蔵庫の中のものを、ほとんど平らげた。特に、牛乳やチーズやハムといった早く血に変わりそうなものを中心に腹に詰め込んだ。

舜臣が到着するまでのあいだに、いくつかの質問をしておくことにした。

「どんなことでもいいです。無言電話がかかり始めた頃からのことで、気になったことがありませんか？」

吉村恭子はほんの少し視線を落とし、全然関係ないかもしれないけど、とつぶやいた。

「なんでもいいですから、教えてください」

吉村恭子は視線を上げ、言った。

「無言電話が始まったのって、内定が出てすぐのことだったんです。わたし、内定が出た時、すごく嬉《うれ》しかったから、何人もの友達に電話をしちゃったんです。中には、まだひとつも出てない友達もいたのに……」

「だから、無言電話の主は、あなたの無神経さを恨んだ友達の誰かだと思った?」

吉村恭子は恥ずかしそうに身を縮め、小さく頷いた。

ということは、僕を殺そうとした犯人は、吉村恭子を羨《うらや》んで、妬《ねた》んだ友人ということになる。なんて簡単な結末。そして、なんて貧相な動機。いやだ。そんなの、いやだ。僕の命はそんなに安くない……はずだ。

「電話をかけた友達のリストを作っておいてもらえますか」

僕が念のためを思ってそう言った時、電話が鳴った。吉村恭子は大きく身震いし、得体の知れない甲殻動物でも見るような目で子機を見ていた。

「出ましょうか?」と僕。

吉村恭子は小さくうなずいた。

子機を握り、通話ボタンを押す。

「もしもし」

沈黙。

「何者だ、おまえ」

僕が《犯人》に向かい、思い切り敵意をこめた声でそう言うと、意外にも返事が返ってきた。

「おまえこそ、誰だ」

「は？」

僕の当惑を見て取った吉村恭子は、僕の手から子機を奪い取った。

「もしもし」

続けて、吉村恭子は、ちょっと待ってね、と言い、送話口に手をあて、低い声で、彼氏です、と僕に向かって言った。吉村恭子が子機とともに寝室に消えてすぐ、インターホンのチャイムが鳴った。寝室から、違うのよ、とか、そんなわけないじゃない、とか、むかしの友達、とか、あとでかけ直す、という言葉が聞こえ終わったあと、吉村恭子が戻ってきた。いっぺんに十歳ぐらい老けてしまったような顔になっていた。

「怒ってました？」

僕がそう訊くと、吉村恭子は力なく首を横に振りながら、言った。

「あなたのことを殺す、って」

世の中は僕の命を狙う奴でいっぱいだ。僕にもボディガードが必要みたいだ。

また、チャイムが鳴った。とにかく、舜臣の出番だ。

うんざりした様子でドアを開けた吉村恭子は、舜臣の姿を見た瞬間、反射的に背筋を伸ばした。それは、黒いTシャツの袖《そで》から出ている二の腕がシリコンでも注入してあるかのように、不自然に盛り上がっているのを見たせいか、それとも、鋭い矢尻《やじり》のような視線を放つ両目に射貫かれてしまったせいか。

「はじめまして」

人懐こい笑みを浮かべながら、舜臣がそう言うと、吉村恭子は安心したように短く息をついた。

舜臣に、これまでの経過をざっと説明した。吉村恭子の空手部の彼氏が、僕を殺したがってることは除いて。

「一週間だけ、吉村さんを守ってやってくれ」と僕は言った。「俺は、色々動かなくちゃならないだろうから」

舜臣は、右の眉尻《まゆじり》に縦に走るナイフ傷をポリポリと掻《か》きながら迷っている様子だったけれど、仕方ねえな、と頷いた。

「サンキュー」と僕。

「もし犯人が現れたら、どのぐらいまでやっていいんだ？」

「まかせるよ。おまえの自由裁量で」

舜臣の眉尻のナイフ傷が、ほんのりと赤くなった。それを見た吉村恭子は、どうしてこんな連中と関わり合いになってしまったんだろう、という感じで、力なく首を横に振った。


部屋を出た。

シリンダーが回る音と、チェーンがかかる音。さっきと同じ。

階段をゆっくりと降りる。見上げると、空にはまだ満月。さっきと同じ。

階段の最後の一段で、立ち止まった。怖くて、地面に降りれない。犯人の奴が、どこから僕に視線を注いでいて、隙を見て襲いかかってくるかもしれない。寒くもないのに、背中が震える。部屋に戻って、舜臣に駅まで送ってもらうことを考えた。

へへへ。

声に出して、笑った。

小さくジャンプして、地面に降り立った。

へへへ、面白くなってきやがった。

5

日曜日。

目覚まし時計の力を借りて、昼前に起きた。

ひどい筋肉痛。首がうまくまわらず、肩と背中もカチカチに凝っている。ベッドの上で入念にストレッチをして体をほぐした。頭の傷に触れてみた。かさぶたが傷口を塞《ふさ》いでいた。病院へ行かずに済みそうだった。

シャワーを浴びに風呂場《ふろば》へ向かった。洗面所の鏡に映る自分の姿を見て、びっくりした。首に色濃く浮いている青痣《あおあざ》。まるで、首輪のようだった。ちくしょう、飼い馴《な》らされてたまるもんか、絶対に嚙《か》みついてやる。

シャワーを浴び、クローゼットの奥から薄手の黒のタートルネック・セーターを取り出して、着た。首輪が隠れる。窓から外を見た。夏の光が、元気良く飛び跳ねているのが見えた。ため息をつきながら、セーターの袖をまくった。

セーターが背中にぴったり貼りつくぐらい汗をかいた頃、我が愛する高校に着いた。

生物研究室がある第二棟へ向かって歩いていると、校庭のほうから、黄色いタンクトップと赤の短パンと白のスポーツソックスに緑のスニーカー、という体育会系アホ・ファッションに身を包んだマンキーが姿を現した。昨日からの僕のヒキは、山下並みだ。

マンキーは僕の姿を認めると、コモドドラゴンが獲物を捕食する前に浮かべるような目の光を、両目に点《とも》した。

「なにしに来たんだ、あ？」

完璧《かんぺき》な喧嘩《けんか》口調で、マンキーはそう訊《き》いた。

「生物の米倉先生に会いに来ました」と僕は冷静に答えた。

マンキーは、ぺっと地面に唾《つば》を吐いて、言った。

「なにを企んでるんだ、おまえら」

「いやだなあ、夏休みの宿題で分からないところがあるので、教わりに来ただけですよ」

僕がおどけてそう言うと、マンキーの上腕二頭筋が、ピクピクッ、と小刻みに痙攣《けいれん》した。

生徒たちのあいだでは、ステロイド注射を打っている、ともっぱらの噂の二の腕だ。

ちょっとだけ身構えたけれど、パンチは飛んでこなかった。その代わり、思い出したように、マンキーは言った。

「なんでそんな暑苦しい恰好《かっこう》してんだ?」

思い切り焦ってしまった僕は、いまヤングに流行《はや》りのファッションなんですよ、これを着てみんなフィーバーするんです、あはは、と言っておどけたけれど、死語を織り交ぜた僕のギャグは、もちろん、マンキーには通じなかった。

マンキーは、まさか、と前置きして、言った。

「誰かに首を締められて、その痕《あと》を隠してるってわけじゃねえよな」

もしも僕がマンガのキャラクターで、頭の上にセリフ用の丸い吹き出しが浮かんでいたら、たぶん、その中は「!」だらけになっていたことだろう。

僕は平静を装って、言った。

「実は、そうなんです。いま僕の首を締めた犯人を捜してるところなんです」

マンキーは十秒ぐらいのあいだ、無言のまま凶暴な爬虫類《はちゅうるい》の目で僕を睨《にら》み、言った。

「なめた態度を取りやがって……。おまえら、卒業までに絶対に退学に追い込んでやるからな」

マンキーはそう言ったあと、ガンを飛ばしながら僕の横を通り過ぎ、体育教官室のほうへ向かって歩いていった。僕は振り返って、マンキーの背中に、上等だよ、と胸の中でタンカを切った。マンキーが急に立ち止まって、振り返った。

「なんか言ったか？」

恐ろしい奴だ。マンキーに頼めば、すぐに犯人を捕まえてくれるかも。

「いい天気ですね」と僕は、慌てて言った。

マンキーはまた、ぺっと地面に唾を吐いた。


第二棟に辿《たど》り着き、三階まで上がった。

生物研究室に入り、奥にある教官用の準備室のドアをノックした。

どうぞ、という声を聞き、ドアを開けた。八畳ほどの部屋の窓際に置かれているソファには、生物教師の米倉、通称ドクター・モローが本を読みながら腰掛け、中央に置かれている机には、板良敷《いたらしき》ヒロシがパソコンに向かって座っていた。二人とも視線を僕に向けない。

「なにを読んでるんですか？」

僕がそう訊くと、ドクター・モローは相変わらず本から目線を上げないまま、

「コンラート・ローレンツ、『攻撃』」

「面白いですか？」

ドクター・モローは無言でうなずいた。

「読み終わったら、貸してください」

ドクター・モローはまた無言でうなずいた。

ザ・ゾンビーズの《生みの親》、ドクター・モローとのつきあいはもう三年目になるけれど、万事がこんな調子だった。僕たちが助けを求めると、ドクター・モローはなにも言わずに手を差し伸べてくれる。お互いに、プライベートの部分には立ち入らない。

ヒロシの背後にまわって、肩越しにパソコンのディスプレイを覗《のぞ》いた。そのパソコンは、学校からドクター・モローに支給されたものだったけれど、ほとんどヒロシ専用になっていた。

ちょうどいつものシミュレーションが終わったところらしく、まずスピーカーから『軍艦マーチ』が流れ始めた。でも、勇壮な旋律の『軍艦マーチ』は転調に転調を繰り返し、瞬く間に悲愴《ひそう》な旋律のショパンの『葬送行進曲』に変わった。そして、画面には、大きな《LOSE!》という文字。

「ようやく八十六通り目が終わったよ」

ヒロシが後ろを振り返り、幼さが残る顔に、はにかんだような笑みを浮かべた。この僕の目の前にいる無邪気な沖縄人は、前《さき》の大戦の日米決戦がいかに馬鹿げた過ちだったかを証明するために、多くの時間を割《さ》いて参考文献をひもといて、そこから膨大なデータを抽出してパソコンに叩《たた》き込み、卒業までに百通りの《必敗シミュレーション》をこなそうとしている。

「今回の敗因は？」と僕は訊いた。

「圧倒的な石油の不足だね。日本軍はまるで、坂の途中でガス欠になったダンプカーだったのさ」ヒロシは眉《まゆ》のあたりを曇らせ、続けた。「ガス欠なのは、初めから分かってたはずなのにね」

僕はヒロシの肩を軽く叩き、言った。

「画面を出してくれ」

ヒロシがパソコンのキーボードをパタパタと叩いていくと、すぐに検索エンジンの画面に切り替わった。検索小窓に《ストーカー》というキーワードが打ち込まれ、検索が始まった。

「あとは大丈夫だろ？」

ヒロシの言葉に、サンキューと答えた。トイレで顔を洗ってくる、と言って椅子から立ち上がったヒロシが、足をもつれさせてよろけた。

「大丈夫か？」と僕は訊いた。

「最近、よくめまいがするんだよね」

「パソコンのやり過ぎじゃないのか」

「たぶんね」

「めしはちゃんと食べてるのか」

ヒロシは微笑んで、言った。

「心配するなよ、かーちゃん」

ヒロシが座っていた椅子に座り、パソコンのディスプレイと向かい合った。さっそく検索結果が出ていた。ヒットした数は、《7500000件》。不思議だ。ケーブルの向こうに、それだけの情報がスタンバってるなんて。いますぐパソコンの電源を切って、《7500000件》を無視してやったらしみじみ楽しい気もしたけれど、やめた。犯人を見つけ出すために、どんな些細《ささい》な情報でも得ておかなくては。とりあえず、めぼしいタイトルを見繕って、クリックした——。

ヒロシがトイレから戻り、壁際に置いてあったスチールパイプ製の椅子を机のそばに持ってきて、座った。そして、パソコンを覗き込んでいる僕の顔を見て、ケラケラと笑い、言った。

「ご機嫌斜めだな」

僕はパソコンのディスプレイから視線を外し、ヒロシを見て、正直な気持を言った。

「俺には理解できないね、こういうの」

「理解できたら困るだろ」

「他人にウンコとかネズミの死骸《しがい》とかを送り付ける奴って、どんな奴なんだよ。一日に百回イタ電したりとかさ。こういう変態野郎たちって、むかしからいたのかな？　それとも、ここ最近になって出てきたのかな？」

「さあね。で、なんか収穫はあった？」

僕は首を横に振った。

「腹が立っただけだ。こういった類《たぐい》の奴に殺されかけた自分が情けないよ。絶対にとっ捕まえてやる」

ヒロシが腕時計を見て、そろそろ行かないと、と言った。僕はうなずき、ヒロシと席を代わった。ヒロシが手際良くパソコンをいじり、ディスプレイに映っていたものがプッツリと消えて真っ黒になった時、ドクター・モローが独り言のように、言った。

「今日の人間は、マネージャー病、動脈の高血圧、真性萎縮腎《いしゆくじん》、胃かいようをわずらい、神経症に悩まされ、文化に関心を払う暇がないから堕落して野蛮になる」

ドクター・モローは、『攻撃』の表紙を僕たちに向かって見せたあと、続けて本の中の文章を読み上げた。

「人間が武器で身を固め、衣服をまとい、社会を組織することによって、外から人間を脅かす飢えや、寒さや、大きな捕食獣につかまるという危険をどうやら取り払い、その結果これらの危険がもはや人間を淘汰《とうた》する重要な要因とはならなくなったとき、まさにそのときに種の内部に悪しき淘汰が現われてきたにちがいない」

ドクター・モローは本を閉じ、僕たちをまっすぐに見て、言った。

「犯人は、もしかしたら異常でもなんでもなく、いまの時代の中では、ごくごく普通の人間かもしれないよ」

僕とヒロシがその言葉に戸惑っていると、ドクター・モローは笑みを浮かべ、言った。

「なんにせよ、気をつけるんだよ」

6

学校を出て、ジャズ喫茶『ムード・インディゴ』に向かった。

『ムード・インディゴ』はザ・ゾンビーズの溜《た》まり場で、学校から歩いて十分ほどの場所にある。

『ムード・インディゴ』のドアを開けると、ピアノ・トリオの演奏が耳に飛び込んできた。

薄暗い店内には、他の客の姿はなかった。

僕とヒロシは、一番奥のテーブル席に座った。還暦間近のマスターが、水を運んできた。

「バド・パウエル」

僕がそう言うと、マスターは嬉《うれ》しそうに微笑んだ。

「三年間鍛えた甲斐《かい》があったよ」

僕がアイスティーを、ヒロシがアイスコーヒーを注文した。演奏がバド・パウエルから、セロニアス・モンクのソロ・ピアノに変わった。僕の大好きなアルバムだった。

モンクの演奏が三曲目に入った時、店のドアが開いた。薄暗い店内に、まばゆいばかりのオーラを放ちながら、佐藤・アギナルド・健、通称アギーが入ってきた。

アギーが、ヘロー（ハロー）、と言いながら、僕たちの向かいの席に座った。唇の両端をキュッと上げた微笑みを作り、僕たちに向ける。こんな状況じゃなかったら、抱かれてもいい、と思ったかもしれない。

マスターが水を運んできた。

「キース・ジャレット」

アギーがそう言うと、マスターは不機嫌そうに表情を歪《ゆが》めた。

「神経が下半身に集まり過ぎてるんだよ、君は」

アギーは楽しそうに笑ったあと、アイスコーヒーを注文した。

「なんでそんな暑苦しいカッコしてんだ？」とアギー。

僕は襟の部分に指を差し入れて、青痣《あおあざ》が見えるようにずり下げた。

「ひでえな」アギーは目を細めながら、言った。「そんなにシリアスだとは思ってなかったよ」

「ランボーさんからサバイバルのテクを教わってなかったら、たぶん、殺されてた」

僕はジーンズのヒップポケットから千円を取り出し、アギーに渡した。アイスコーヒーがテーブルに到着した。アギーがブラックのまま口をつけた時、僕は訊《き》いた。

「ストーカーって、どんな人種なの？」

アギーがグラスをテーブルに置き、口を開いた。

「幼稚で、情緒不安定で、妄想癖があって、自分勝手で、そーとーたまってる奴」

「そこらじゅうにいそうだな」とヒロシ。

「そこらじゅうにいるよ」とアギー。「俺の女の何人かもストーカーに悩まされてたよ」

「それは解決したのか?」と僕。

アギーはうなずいた。

「俺が見つけ出して、会社とか世間にばらすって脅してやったら、一発だった」

「そんなんで解決したの?」とヒロシ。

「ストーカーのほとんどは、世間体とかそんなもんを気にするセコイ人種なんだよ。例外もいるかもしんないけどな」

「ところで、どうやって見つけ出したんだ?」と僕。

「イタ電する奴とかストーカーは、たいてい被害者の知人、友人、顔見知りだから、交友関係を突き詰めていきゃ、かなりの高い確率で見つけ出せるよ」

僕とヒロシは、ふーん、とか、そうなんだ、とつぶやいて、感心しながら、耳を傾けていた。アギーは続けた。

「そういう連中は、相手のキャラに取りつくようなところがあるから、見知らぬ人間をストークすることはめったにないな。そこらへんが、通り魔と違うところだ」

ということは、犯人は吉村恭子のキャラを知ってる友人か知人?

「訊きたいのはそれだけ?」とアギーは言った。「あと五百円分ぐらいは残ってるぞ」

「今日はこれぐらいでいいや。もしかしたら、また頼みたいことができるかもしれないから、そん時は連絡するよ」

アギーが、カウンターの内側にいるマスターに向かって、ペン貸して、と声を掛けた。ボールペンが到着すると、僕の目を見つめ、優しい声で、「手を出せよ」。僕は理由を問うこともなく、その声に導かれるまま、素直に手をアギーに差し出した。アギーは柔らかな手つきで僕の手を裏返し、手のひらが上に向くようにしたあと、ボールペンで数字を書き始めた。ペン先の微妙な圧力が、痛いような、くすぐったいような……。十一個の数字を書き終えると、アギーは唇の両端をキュッと上げた笑みを作り、「これは一日中ずーっとONにしてるケータイの番号。なんかあったら、いつでも」。

何度も言うけれど、こんな状況じゃなかったら、抱かれてもいい、と思ったに違いない。ヒロシが、やれやれ、といった感じで首を横に振り、それを見たアギーが楽しそうにケラケラと笑った時、ドアが開き、外の光が店内に差し込んできた。その瞬間、どういうわけかターン・テーブルの針が飛び、モンクの演奏が、ブチッという音を立てて、終わった。

山下だった。山下はドアを閉め、ここにいると思ったよ、と嬉しそうに言いながら、僕たちのテーブルに近づいてきたが、突然、うわっ！ と叫びながら、前のめりに転んだ。床に、なんの突起物も、障害物もないのに。そして、倒れている山下の頭に、壁にかかっていたチャールズ・ミンガスの額入り写真が、落ちてきた。額の角が狙いすましたように山下の頭にぶつかり、山下は、いてっ！　と短い叫び声を上げた。

マスターがカウンターの中から出てきて、大丈夫？　と山下に声を掛けながら、ものすごい形相でベースを弾いているミンガスの写真を手に取った。

「店を開いて三十年間、一度も落ちたことがなかったのにな……」

マスターはそう言って、不思議そうに首を傾げた。

アギーが真剣な顔で、僕とヒロシに向かって、言った。

「気をつけたほうがいいぞ。犯人はきっと、かなりきてる奴だ」

僕とヒロシは、同時にうなずいた。山下が泣きそうな顔で頭をさすりながら、立ち上がった。

「それ以上近づくな」と僕は山下に言った。

山下の体がびくっと震えた。僕は続けた。

「まだ死にたくないだろう？」

山下は状況を把握しようと努めているのか、ものすごい速さで瞬きを繰り返していた。

「やばい話？」と山下は訊いた。

僕とヒロシとアギーが、いっせいにうなずいた。

「分かった。帰るね」

山下がまわれ右をして、ドアに向かった。僕はその背中に向かって、声を掛けた。

「一段落したら、遊ぼうぜ」

ドアまで辿《たど》り着いた山下は振り返り、うん、とうなずいた。ドアが閉まる。そして、ドアの外から、うわっ！　という叫び声。僕は慌てて席を立ち、ドアに駆け寄り、一気に押し開けた。山下が頭のてっぺんに手を触れている。

「どうした？」

「鳥の糞《ふん》が落ちてきた。今日だけでもう三回目だよ……」山下は心底情けない表情を僕に向けながら、続けた。「そのやばい話には気をつけたほうがいいよ」

僕は素直にうなずいた。


『ムード・インディゴ』でアギーと別れたあと、ヒロシと一緒に歩いて吉村恭子の大学へ向かった。

大学に着き、カフェテリアへ入って行くと、昨日と同じ席に吉村恭子と舜臣が向かい合って座っているのが見えた。舜臣は人の出入りを見張れるように、ちゃんと入口に向かって座っていた。舜臣が僕とヒロシの姿を認めて、小さく手を上げた。吉村恭子が振り返り、笑顔を浮かべながら、僕とヒロシに手を振った。機嫌が良さそうだった。

テーブルに着いてヒロシと吉村恭子を簡単に引き合わせ、席に座った。入れ代わりに、舜臣がトイレに行くために席を立った。舜臣がカフェテリアから出ていってすぐ、吉村恭子が僕とヒロシのどちらにともなく訊いた。

「ねえ、朴君て何者なの？」

「ただの高校生ですよ」と僕は答えた。

「ただの高校生が、『老子』なんて持ち歩いてる？」

吉村恭子はそう言って、テーブルの上に載っている本を指差した。僕とヒロシは吉村恭子の指先を追ったあと、同時に、確かに、とつぶやいた。吉村恭子は続けた。

「でね、『もし、《差別》という概念から完全に解放されることができたら、その瞬間に死んでも悔いはないです』なんて、真剣な顔して言うのよ。信じられる？」

僕とヒロシはうなずいた。吉村恭子は少しだけ頬を赤らめて、言った。

「これまで、わたしのまわりにはあんな男の子いなかったわ」

空手部の彼氏といい、どうやら吉村恭子の好みは《筋肉系》のようだった。僕はさりげなく胸の前で腕を折り、力こぶを作ってみた。吉村恭子は、まるっきり僕のことを見ていなかった。視線を感じたので、隣を見ると、ヒロシが、諦《あきら》めろという感じで、首を横に振っていた。こうして、僕の短くて、ほのかな夏の恋は終わった。

舜臣が戻ってきた。テーブルに着くと、椅子をテーブルからかなり離して、腰を下ろした。たぶん、なにかあった時のために動きやすくしておきたいのだろう。確かに、こんな高校生はほとんどいないに違いない。

舜臣の一挙手一投足を夢見心地で眺めている、吉村恭子の目を覚ますために、言った。

「電話をかけた友人のリスト、持ってきてくれました？」

吉村恭子の眉《まゆ》のあたりが、一気に曇った。うんざりした様子でスーツのポケットに手を入れ、四つ折りにした紙を取り出し、僕に渡した。紙を開くと、五つの名前が書かれていて、その中で男と思える名前は一つだけしかなかった。僕は吉村恭子に向かって、言った。

「リストに入ってる《田口》っていう男の人と、会う約束を取りつけてもらえませんか？」

「誰が誰と会うの？」

「吉村さんが田口と」

「どうして？」

「二人が会ってる様子を遠くから見て、確かめたいことがあるんです」

「例の犯人につけた《目印》ってやつ？」

僕はうなずいた。でも、吉村恭子は首を縦に振らなかった。

「なんかまずいことでも？」と僕は訊《き》いた。

吉村恭子は短いため息をつき、言った。

「それ、わたしの彼氏なんです」

「彼氏は就職が決まってるんですか？」

吉村恭子はうなずき、有名な航空会社の名前を挙げた。これで内定に絡んだ嫉妬《しっと》の線は消えた。田口がよっぽどの変態じゃないかぎり、自分の彼女をストーキングすることなどないだろう。念のために、田口が変態かどうか吉村恭子に訊こうかとも思ったけれど、アホらしくなって、やめた。僕は、リストの紙を吉村恭子に返して、言った。

「答えにくいかもしれませんけど、自分に恨みを持っていそうな男の心当たりはありませんか？　もちろん、複数でも可です」

「そんなこと急に言われても……」

「たとえば、ふったのにしつこく言い寄ってくる男とか、別れる時にひどい言葉を投げつけて傷つけた元の彼氏とか、別れる時に巨額の慰謝料をふんだくった元の夫とか――」

テーブルの下で、ヒロシに足を蹴《け》られた。吉村恭子は僕の冗談を気に留める様子もなく、真剣に頭を悩ませているようだった。僕たちは吉村恭子の沈黙にしばらくのあいだ、つきあった。

吉村恭子が口を開いた。

「二人ほど思い当たる人がいます」

「教えてください」と僕。

「一人は、大学二年の時に家庭教師で小学生の女の子を教えてたんですけど、その子の父親です。つきあってくれ、って、ものすごくしつこくて……。でも、バイト代が良かったんで、我慢して続けてたんですけど、ある日、その人から真っ赤なワンピースが送られてきて……」

「プレゼントで？」

「それはそうなんですけど、一緒についてたカードに、『これを着て家に教えに来るように』って」

僕とヒロシと舜臣は黙って顔を見合わせた。舜臣が不快そうに、顔をしかめた。吉村恭子は続けた。

「そのことがあって、恐くなってバイトをやめました。そうしたら、今度はしつこく電話をしてきて……。ひどい時は、一日に十回ぐらい掛かってきました」

「で、どうしたんですか？」

「奥さんと娘さんにばらすって脅かしたら、ようやく電話がなくなりました」

「そいつ、大本命じゃないですか」と僕は言った。

「でも、もう二年前のことだし」

「そいつは普通のサラリーマンですか？」

吉村恭子はうなずいた。

「その家庭教師先の住所と電話番号を、あとで教えてください」と僕は言った。「で、もう一人のほうは？」

「この大学の同級生の男の子です。ちょっとだけ入ってたテニス・サークルで知り合ったんですけど、告白されて断ったら、変な噂をサークルの中に流されて……」

「どんな噂ですか？」

「サークルの男の子のほとんどと寝てる、って」

「分かりやすいですね。そんな噂を信じる奴なんているんですか」

「サークルの女の子のほとんどから、シカトをされました……」吉村恭子は寂しそうに言った。「それが原因でサークルをやめたんですけど」

美人は大変ですねえ、と僕がしみじみ言うと、吉村恭子は、ええ、としみじみうなずいた。ヒロシと舜臣が、クスリと笑った。僕は続けて、訊いた。

「やめて以降、そいつになんかいやがらせをされましたか？」

「いやがらせとは違うんですけど、キャンパスの中で会うたびに、いやらしい感じの目でジロジロ見たり、ニヤニヤした笑いを向けてきたりします」

「そいつの名前と住所と電話番号も教えてください。早目に動きたいんで、今夜中に調べてもらえると助かります」

吉村恭子はうなずき、言った。

「犯人は、二人のうちのどちらかなのかしら」

「分かりません」と僕は正直に言った。「そんなに簡単だったらいいんですけど」

吉村恭子の顔に、ふいに不安の色が浮かんだ。僕はそれを消そうとして、言った。

「大丈夫です。この中にいなくても、僕が絶対に捕まえてみせます」

色は消えなかった。沈黙を通していた、舜臣がポツリと言った。

「僕たちが絶対に捕まえてみせますよ」

色が消えた。一瞬にして。それを見たヒロシがクスリと笑ったので、思い切り足を蹴ろうとしたら、見事に空振りして、テーブルの足に脛《すね》をぶつけてしまった。めちゃくちゃ痛かった。

ちくしょう、なにもかも全部、山下のせいだ。そうに決まってる。

舜臣に家まで送ってもらえることで上機嫌の吉村恭子と大学で別れ、僕とヒロシは大学近くの定食屋で少し早目の晩御飯を食べた。

ヒロシは食欲がなく、注文したカレーライスを半分以上残した。顔色もあまりよくなかったので、寄り道をせずにまっすぐ家に帰ることにした。

途中まで同じ方向なので、一緒の電車に乗った。車中、ヒロシは車窓に流れる風景を、ぼんやりと眺めていた。

「大丈夫か？」と僕は訊いた。

「うん、大丈夫」ヒロシは薄く微笑みながら、言った。「ちょっとむかしのことを思い出してただけ」

「どんな？」

「小六の時、フェリーに乗って沖縄から東京に出てきたんだけど、フェリーに乗ってるあいだ、不安でしょうがなかった。ほら、俺、黒人のハーフで、オヤジもいなかったから、沖縄でいじめられてたろ。だから、東京でもいじめられるんじゃないかって。実際に高校に入るまでは、いじめられたんだけどさ」

ヒロシは笑みを深めた。僕は黙って言葉の続きを待った。

「フェリーが東京に着くのがイヤで、ずーっと海の上を漂ってればいいって思ったんだけど、そんな時に限って潮がうまい具合に流れて、船が早く進んじゃって」

　僕とヒロシは、短く笑った。

「で、朝早く着くはずが、夜明け前に着くことになっちゃったんだ。俺は、あと二時間で到着する、っていうアナウンスを聞いたあと、船室から甲板に出た。暗ーい気持でね」

「もしかして、暗い海を見て、飛び込もうとか思った？」と僕は冗談で言った。

　ヒロシは首を横に振った。

「船がどこらへんを進んでたのかは分かんないけど、遠くのほうに陸があるのが分かった。人家の灯がポツンポツンて点《とも》ってて、それが目印になって陸があるって分かったんだけどね……。その人家の灯がめちゃくちゃ暖かい色をしててさ、夜の闇の中でキラキラ光ってるんだ。まるで黒のビロードの上に置かれた真珠みたいにさ。ちょっと詩的過ぎる？」

　僕は笑いながら、首を横に振った。ヒロシは続けた。

「それをずーっと見てたら、灯のぜんぶがさ、なんだか俺のために点されてるような気がしてきたんだ。俺が辿《たど》り着くべき場所に迷わずに辿り着けるように、ガイドをしてくれてるみたいに思えたんだ」

　ヒロシは視線を車窓の外に向けた。僕もその視線を追った。人家の灯はひとつも見えなかった。いくつものビルの壁が車窓に映っては、消えていった。

「たまに沖縄に帰りたいって思うよ」とヒロシは言った。「フェリーに乗ってね」

短い沈黙のあと、僕たちはほとんど同時に顔を見合わせて、へらへらと笑った。

「夏休みが終わったら、また襲撃の準備を始めないとね」とヒロシは言った。

「その前に、この事件を片づけないと」と僕は言った。

ヒロシは、そうだね、と言って、うなずいた。


家に戻り、九時十五分まで待って、吉村恭子に電話をした。

「イタ電はかかってきました？」と僕は訊《き》いた。

「いいえ」吉村恭子は緊張を帯びた声で、言った。「諦《あきら》めてくれたのかしら」

「その可能性もありますけど、まだ油断しないでくださいね」

「分かってるわ」

「舜臣は？」

「ついさっき帰ったわ」吉村恭子の声が急に明るくなった。「一日中ボディガードがそばについていてくれるって、いい気分ね」

「そんなもんですか」

「うん」

電話口で、昼にリストアップを頼んだ二人のデータを聞き、メモをした。

「そういえば、岩下なんだけど」

吉村恭子が、サークル絡みの男の名前を口にした。

「今日からサークルの合宿で河口湖の近くに行ってるみたい」

「どうして分かったんですか？」

「住所が分からなくて共通の友達に電話して訊いたら、そう教えられたの」

「明日までに、合宿に関する詳しい情報を調べといてください」

「分かったわ」

それから五分ほど舜臣の話を聞かされたあと、電話を切った。僕を殺すと宣言した空手部の彼氏の話は、一切出なかった。

余計な場外乱闘がなければいいけれど。

7

月曜日。

首を絞められている夢を見て、飛び起きた。

午前六時五分前。六時に起きようと思っていたから、ちょうど良かった。

夢の中で首筋にかけられた犯人の息が、寝汗と一緒にべたついている感じがしたので、さっさとベッドから出て、シャワーを浴びに行った。洗面所の鏡で、《首輪》の色を確かめた。まだ充分に、青い。

シャワーのあと、キッチンでパンと牛乳を立ったまま腹に入れていると、何日かぶりに顔を合わせた母親から、「進路のこと、ちゃんと考えてるの?」と言われた。《首輪》には気づいてくれなかった。僕は曖昧《あいまい》な返事を残して、部屋に戻った。

昨夜のうちに洗って、乾燥機で乾かしておいた、昨日と同じタートルネックを着た。ジーンズをはいたあと、クローゼットの中からヤンキースの野球帽を取り出し、かぶる。最後に、《東京区分地図》が入った黒のビニール地のデイパックを背負う。クローゼットの鏡に映る姿は、見事に暑苦しくて、怪しかった。

七時少し前に家を出て、まずは吉村恭子がかつて通っていた家庭教師先へ向かった。杉並区内にあるその家は、世田谷区内にある僕の家から電車で三十分ほどの場所にあった。最寄り駅の改札を出て、吉村恭子から教わった家庭教師先の住所と、《東京区分地図》

を照らし合わせながら、歩いた。

七時四十五分に、目当ての家に辿《たど》り着いた。表札を確かめる。

『中村』。間違いない。中村が出勤のために家を出てくるまで、家の前の通りをなに食わぬ顔をして、行ったり来たりした。家は、建て売り住宅っぽい、普通の二階建てだった。子猫の額ほどの庭もついている。これで、ローンは何年ぐらいなのだろう？

行ったり来たりの七往復目を終えようとしている時、中村らしき男が家から出てきた。吉村恭子から聞いた通り、白髪混じりの髪をきっちりと真ん中から分け、背筋もピンと伸びている、一見してナイスミドル風の男だった。ちらりと見たところでは、目に眼帯もしてなかったし、怪我を負っている風にも見えなかった。でも、念のためにきちんと確かめようと、気づかれないようにしながら、中村のあとを追った。

中村が一度も後ろを振り返らないまま、駅に着いてしまった。仕方がないので、切符を買い、一緒の電車に乗ることにした。

ラッシュ時のホームで、中村の背後にぴったりと張りつきながら、電車を待った。電車がホームに滑り込んできて、止まった。ドアが開いてすぐ、後ろからものすごい勢いで押されて、否応なしに電車の中に突入していった。そして、気づくと、僕と中村はぎゅうぎゅう詰めの車内で、向かい合って立っていた。中村の顔が目の前にあり、時々、中村の生ぬるい鼻息が僕の顔にかかった。中村の目を確かめると、怪我を負っている様子は微塵《みじん》もなく、ただ目尻《めじり》に目ヤニがついているのだけが分かった。それに、中村からは、人を殺そうとするような偏執的な匂いは嗅《か》ぎ取れなかった。吉村恭子から聞いた話では、大企業の課長職に就いているそうだけれど、大それた犯罪を犯すようなタイプには見えず、いいところ《セクハラ課長》ぐらいの小悪党にしか見えなかった。

中村が僕に不審そうな視線を向けてきたので、僕は顔を下ろし、視線を中村の喉仏《のどぼとけ》のあたりに落とした。

五分ほど電車に揺られ、次の駅で降りた。中村を乗せた電車がホームを走り去っていくのを見送っている時、なにかひどい見落としをしているような感覚に襲われた。中村が僕を襲った犯人でないのは、たぶん間違いないだろうが、引っ掛かるものがあった。ホームに置いてある自動販売機で缶コーヒーを買い、飲みながら違和感の正体を探ったけれど、ダメだった。でも、その違和感を頭の片隅に残しておくことにした。

缶をごみ箱に捨て、公衆電話に向かった。吉村恭子に電話をし、昼の十二時にカフェテリアで会うことを約束した。

いったん家に戻ってデイパックを置き、大学へ向かった。

少し早目に着いてしまったので、カフェテリアで売っていたサンドイッチを昼御飯にして、食べた。

食後のコーヒーを飲んでいるところに、吉村恭子と舜臣が姿を現した。二人に今朝のことを報告すると、吉村恭子はがっかりした様子を見せた。

岩下の合宿先の情報を吉村恭子から聞いたあと、アギーに電話を掛けに行った。カフェテリアの中に公衆電話がなかったので、中庭まで出て、電話ボックスに入った。

「ヘロー」

電話に出たアギーに、僕は言った。

「河口湖までドライブに連れてってくれよ」

「いつがいい？」

「早ければ早いほどいい」

「一時間後からなら動けるけど」

午後二時に大学の正門前で待ち合わせることを決め、電話を切った。続けて、ヒロシに電話をした。ヒロシのお母さんが出て、ヒロシが病院へ行っていることを告げられた。

「めまいがひどいらしくて」

お母さんは心配そうな声で、言った。夜に電話を掛け直すことを伝えて、電話を切った。

カフェテリアに戻って、河口湖行きを告げると、吉村恭子は、ドライブなんて久し振りだわ、と言って、興奮していた。午後二時に大学の正門前にレンジ・ローバーが止まり、車内からアギーが出てきて、吉村恭子のために微笑みながら後部座席のドアを開けると、吉村恭子は、誕生日とクリスマスのプレゼントを同時にもらった子供のようにはしゃいだ。車内にはアギーの好きなサム・クックが流れていて、吉村恭子はそれに合わせて、体を揺らした。出発してすぐに、吉村恭子は、河口湖なんかより伊豆においしいお魚を食べに行かない、と言った。どう考えても、はしゃぎ過ぎだ。

高井戸から中央自動車道に乗った。混雑もなく、車は快調に進んだ。吉村恭子はスタート・ダッシュで体力を使い果たし、車が相模《さがみ》湖に差し掛かったあたりでは、口を開けて寝ていた。

河口湖ICの手前あたりで、吉村恭子を起こした。午後四時半過ぎに高速を降り、河口湖の湖畔に辿り着いた。岩下とサークルの連中が泊まっているプチホテルを探し当て、近くに車を止めたあと、吉村恭子に、携帯電話でホテルに電話を入れてもらった。吉村恭子はホテルの人間と短い会話を交わし、電話を切った。

「テニスコートに練習に行ってホテルにはいないけど、もうすぐ帰ってくるはずだって」

プチホテルの駐車場の近くに車を移動させ、岩下の帰りを待った。十分後、何台もの車が立て続けに駐車場に帰ってきた。車の中からテニスルックの連中が次々と降りてきて、トランクからラケットやらバッグやらボールやらを取り出し始めた。

「どれが岩下ですか?」と僕は吉村恭子に訊《き》いた。

吉村恭子は目を細め、窓ガラス越しに必死に岩下を探していたけれど、すぐに、あれよ、と声を上げた。

「紺のアウディのそばに立ってる、サングラスをかけてる奴」

アウディのまわりに、視線を注いだ。サングラスをかけてる奴は、二人いた。僕は、吉村恭子に訊いた。

「もしかして、ポロシャツの襟を立てて、その上からアーガイルのベストを着て、小脇にグッチだかルイヴィトンだかのセカンドバッグを抱えてる、バブルの頃に街にウヨウヨいたような、どう見たって趣味の悪い男のほうですか?」

吉村恭子はコクンとうなずいたあと、間違いないわ、と冷静に言った。岩下を見つけた。それにしても、よりによってサングラスをかけてなくても……。

しばらくのあいだ、岩下を見ていたが、サングラスを外す様子はなかった。確実にサングラスを外すはずの、ホテルの中にまで追っていくわけにもいかない。

「さて、どうする?」アギーが楽しそうに言った。「お手並み拝見といきますか」

「よーく見てろよ」と僕は車内の誰にともなく、言った。「俺のとんちを」

車から降りて、駐車場に向かった。駐車場の敷地内に足を踏み入れても、岩下のサングラスを外すとんちは思い浮かんでなかった。背中に、車内で息を潜めて成り行きを見守っている連中の視線を、痛いほど感じていた。アウディのそばで仲間と談笑している岩下の姿が、あと五メートルほどの距離に近づいた。こうなったら、出たとこ勝負だ。

僕は少しだけ足を早め、一直線に岩下に向かっていき、わざと肩を岩下の肩にぶつけ、あからさまによろける振りをした。突然の僕の乱入に、岩下と仲間たちは、きょとんとした様子で僕を見ていた。僕は思い切り岩下にガンを飛ばしながら、言った。

「どこに突っ立ってんだ、こらぁ！」

まるっきりならず者の手口で不本意だったけれど、仕方がなかった。僕は続けた。

「喧嘩《けんか》売ってんのかぁ！」

僕は、状況を把握できずに、ただひたすらうろたえている岩下に詰め寄り、言葉を投げつけた。

「グラサン外せやぁ！」

岩下の顔に素早く手を伸ばし、サングラスのフレームを摑《つか》んだあと、手前に引いた。岩下のつぶらな瞳《ひとみ》が現れた。黒目がちの二つの瞳は大きく見開かれ、恐ろしげに僕を見ていた。怪我はおろか、充血さえしていなかった。

サークルの連中が、僕と岩下を中心にして円を描き始めたのが、分かった。袋叩《ふくろだた》きに遭《あ》うようなことはないだろうが、早目に逃げておくことにした。

岩下の顔にサングラスを掛け直し、僕は言った。

「今日のところは勘弁してやるよ」

クルリと踵《きびす》を返し、サークルの連中にガンを飛ばしながら、駐車場の出口に向かって歩いた。ものすごい数の視線を感じる。敷地の中はシンと静まり返っていて、遠くのほうからかすかに聞こえてくる、ピヨピヨという鳥の声が、やけに響いて聞こえた。視線に押されるようにして駐車場を出たあと、早足でアギーの車に戻ってドアを開けた。みんながシートに横たわり、腹を抱えて爆笑していた。

このままではいけない。コメディ路線から、ハードボイルド路線に戻さなくては。

笑い声の絶えない、楽しい帰路だった。僕以外の連中にとっては。

車内では、アギーが運転の合間にサングラスを掛けると、グラサン外せやぁ！　という声を上げる遊びがにわかに流行《はや》っていた。いつも冷静な舜臣までが、楽しげに声を上げていた。十二回目の声が上がり、爆笑が収まるのを待って、僕は言った。

「そんなことより、これで容疑者がいなくなったんだぜ」

「これからどうするつもりなんだ、偽マイク・ハマー」とアギー。

「俺は頭脳派なんだよ。ポアロと呼んでくれ」アギーにそう言ったあと、吉村恭子に訊いた。「他に怪しい奴の心当たりはありませんか？」

吉村恭子はしばらくのあいだ考えた挙げ句、首を横に振った。車内に重い沈黙が漂い始めた時、吉村恭子の携帯電話が鳴った。吉村恭子は携帯の表示小窓を見て、顔をしかめた。電話に出ない。吉村恭子は僕を見て、バツの悪そうな笑みを浮かべた。たぶん、空手部の彼氏からなのだろう。電話のベルが止んだ。吉村恭子は、鳴らないように留守電にしとくわね、と言って、携帯のボタンをあれこれいじった。

電話――。引っ掛かるものがあった。僕は訊いた。

「携帯にイタ電がかかってきたことはありますか？」

「間違い電話なら、しょっちゅうよ」

「そうじゃなくて、部屋の電話に掛かってきたような、ヤバイ感じの」

吉村恭子は首を横に振った。

「どうした？」とアギーが僕に訊いた。「なにか閃《ひらめ》いたか、偽ポアロ」

「犯人は吉村さんの携帯の番号を知らないだけなのか、それとも、携帯にはイタ電をしないポリシーを持った奴なのか、どっちなんだろう？」

誰からも反応は返ってこなかった。僕は吉村恭子に訊いた。

「僕は携帯を持たないんでよく分からないんですけど、もし、知り合った人に電話番号を教えてくれって言われたら、吉村さんは部屋の番号と携帯の番号のどっちを教えますか？」

「場合によるけど、たいてい携帯の番号を教えるわ。部屋の番号にかけてもらっても、捕まらないことが多いから。それに、部屋の番号って、気安く教えたくないし」

「ここ最近で、部屋の番号を教えた人間を思い出せますか？」

「急に言われても……」

「考えてみてください」

短い沈黙が、車内に流れた。吉村恭子が首を横に振った。

「ここ最近で新しく知り合って、電話番号を教えたような人はいないわ」

「なんで、ここ最近、て限定するんだ？」とアギー。

「イタ電が始まったのは、約二週間前からだ。犯人をむかしからの知り合いって仮定するなら、その前後にイタ電を始めるなんらかのきっかけがあったはずなんだけど、吉村さんには心当たりはない」

「相手は頭のおかしい奴なんだぜ。きっかけなんて勝手にこしらえるんだろうよ」

「いや、俺が気になってるのは、犯人が夜の九時に電話をかけてきてることなんだ」

「それがどうかしたか？」

「中途半端な時間だと思わないか？　いまどきの大学生だったら、夜の九時に部屋にいない確率が高いはずなのに、犯人は吉村さんがいてもいなくても、毎日かけてきてる。犯人が吉村さんのことを多少でも知ってる奴だったら、もっと遅くにかけてくるんじゃないかな。犯人はきっと、吉村さんの生活パターンをほとんど知らない奴なんだよ」

「確かにそうかもな。説得力が出てきたぞ、偽ポアロ」

「ありがとう、エロ・ヘイスティングズ君」僕はアギーに向かってそう言ったあと、続けた。「そんなわけで、犯人はここ最近吉村さんと知り合って、なおかつ、部屋の番号を知ってる奴に違いないんだ」

「でも、吉村さんに心当たりはない」とアギー。「残念だけど、ブレーキ」

料金所に差し掛かったので、車がゆっくりと減速した。料金所を抜けてすぐ、吉村恭子に訊いた。

「やっぱり、思い当たるような奴はいませんか？」

吉村恭子は眉間《みけん》に縦皺《たてじわ》を刻みながら、必死に記憶を反芻《はんすう》しているようだったけれど、結局は、首を横に振った。

「ここのところずっと就職活動で忙しかったから、新しく人と知り合う機会なんてなかったし、もし、知り合ったのを度忘れしてたとしても、よっぽどのことがない限り、知り合ってすぐの人に部屋の番号を教えるようなことはしないわ、絶対」

「大事なことを忘れてるぞ」舜臣が久し振りに声を出した。

「なんだ?」と僕。

「犯人は、吉村さんのマンションの住所も知ってる奴だ」と舜臣。

アギーが付け足した。「マンションを知らなきゃ、ドアノブにイタズラなんてできないし、おまえも襲えなかった」

「オーケー、整理しよう」と僕は言った。「犯人は、吉村さんの住所と部屋の電話番号を知ってる奴」

「それに、吉村さんのキャラを多少でも知ってる奴」とアギー。「そうじゃなきゃ、取りつかない」

僕はため息をついて、言った。

「そうなると、犯人はやっぱりむかしからの知り合いなのかな。ちくしょう、せっかく犯人像を狭められたと思ったのに」

「吉村さんの住所と電話番号を知ってる知り合いの中から、怪しい奴をしらみ潰《つぶ》しに調べていくのが、一番の近道なんじゃないのか」とアギーは言った。

結局は、そうするしかないのだろう。問題は、僕に与えられた時間が、あと五日しかないことだった。果たして、間に合うのだろうか。

僕は吉村恭子に向かって、言った。

「もう一度、怪しいと思える人間をリストアップしてもらえませんか」

「でも……」

「いますぐじゃなくてもいいです。家に帰ってから、ゆっくり考えてください」

吉村恭子は、頼りなげに首を縦に振った。

高速を降り、国道沿いのファミレスに入って、みんなで夕食を食べたあと、吉村恭子をマンションに送っていった。もしイタ電がかかってくるようなことがあったら、僕の家に電話をくれるよう約束して、吉村恭子と別れた。

ついでだから、と言って、アギーが僕と舜臣を送ってくれることになった。まず舜臣の家に行って舜臣を降ろし、次に僕の家に向かった。家の前に着いたので、アギーに今日一日の拘束料金を訊《き》いた。

「ほんとは一万プラス、ガソリン代&高速代って言いたいところだけど、千円でいいよ」

アギーはそこまで言うと、サングラスをかけた。「面白いもんを見せてもらったからな」

僕は、サンキュー、と言って、千円を渡した。僕が車を降りようとすると、アギーが、なんか忘れてないか、と言って、笑いながらサングラスを指差した。僕は言った。

「一生かけてろ」

アギーはちぇっと舌打ちしたあと、グッナイ(グッド・ナイト)、と言った。僕は、気をつけてな、と言って、車を降りた。

家に戻ってすぐ、ヒロシに電話をした。

「詳しい検査結果は来週に出るけど、医者は、単なる貧血だろう、って」とヒロシは言った。

「貧血には、レバーがいいらしいぞ」

僕がそう言うと、ヒロシのくすぐったそうな笑い声が聞こえてきた。

「分かってるってば、かーちゃん」

それから今日一日のことを、ヒロシに報告した。当然、《サングラス事件》のことは割愛した。

「単なる勘なんだけどさ」とヒロシは言った。「俺たちは徐々に犯人に近づいていってる

るよ」

「もっと言ってくれ」と僕は言った。「おまえが言うと、そうなんじゃないかと思えてく
気がするよ」

ヒロシが、またくすぐったそうに笑った。明日会うことを約束して、電話を切った。

吉村恭子からの電話はなかった。すぐに眠りに落ちたけれど、また首を絞められている夢を見て、飛び起きた。シャワーを浴びたあと、疲れていたので早目にベッドに入った。

キッチンに行って水を飲み、ベッドに戻った。なかなか寝つけずに、何度も寝返りを打っていると、不意にヒロシの言葉が耳に蘇《よみがえ》った。

俺たちは徐々に犯人に近づいていってる――。

そうであることを願った。犯人を捕まえない限り、安らかな眠りは取り戻せない気がしていた。

結局、眠りに就けたのは、夜が明けた頃だった。

8

火曜日。

午前十時起床。《首輪》、未《いま》だ青し。

キッチンに朝食を食べに行くと、冷蔵庫の中はほとんど空っぽだった。テーブルの上を見ると、隅のほうに一万円札が一枚と、母親の、忙しくて買い物ができませんでした、という書き置きが載っていた。一万円を持って、部屋に戻った。

支度をして、家を出た。十一時半に大学に着いた。カフェテリアに行き、サンドイッチとオレンジジュースを買って、食べた。食後のコーヒーを飲みながら、ぼんやりとカフェテリアの入口を眺めた。夏休みにも拘《かかわ》らず、昼時だけあって、たくさんの人が出入りしていた。中には、老夫婦と思えるカップルや、道路工事の作業着姿の集団もいた。時計の針が十二時をまわってすぐ、入口に吉村恭子と舜臣が現れた。カフェテリアの中にいる男たちの視線が、吉村恭子にいっせいに集まる。もしかしたら――、と僕は思った。

もしかしたら、犯人は、吉村恭子のむかしからの知り合いでも、なおかつ、この大学の学生でもなく、こんな風に大学の中でたまたま吉村恭子を見掛け、目をつけたのではないだろうか。あとを尾《つ》けることで住所を知り、たとえば、ゴミ袋を漁《あさ》って、捨てられた紙切れの中から電話番号などの情報を得、ストーキングを始める……。いや、そういった類《たぐい》の連中はキャラに取りつくはずでは？　結局のところ、それは可能性に過ぎない。人を殺そうとするぐらいの奴なら、見た目から勝手にキャラを造り出して、それに取りつくことぐらい朝飯前だろう。でも、そこまで犯人像が広がるとなると、もうお手上げだ。再び犯人から吉村恭子に接触してこない限り、捕まえることなど不可能だ……。

僕が長いため息をついている時に、吉村恭子と舜臣がテーブルに着いた。舜臣は僕と同じ側の席に、吉村恭子は僕の向かいの席に腰を下ろした。

「冴《さ》えない顔ね」と吉村恭子は言った。「どうかした？」

弱音は吐くもんか。自分で始めたことだ。

「新しく思い当たる奴はいましたか？」と僕は訊いた。

吉村恭子は、なんの躊躇《ちゅうちょ》もなく首を横に振った。

「ゆうべ、部屋に戻って、必死に考えたけど、人間不信になりそうだったから、途中でやめたわ。それに、自分を恨んでそうな人のことなんて、分からないわよ。恨むって言うのは、まったくの主観でしょ。他人がわたしのことをなにが原因で恨んでるかなんて、想像もつかないし」

確かにその通りだった。たいていの人間は、自分の《恨み》には執着しても、他人の《恨み》には鈍感なものだろう。

「もうイタ電もかかってきてないし、きっと、犯人は諦《あきら》めてくれたわよ」

吉村恭子の言葉に、僕は、そうだといいですね、と心にもない相槌《あいづち》を打った。

そんなわけで、捜査は見事に行き詰まってしまった。いまの僕たちにできることは、犯人自らが姿を現してくれるのを待つだけ。ちくしょう。どんなことであっても、限界を目の前に突きつけられるのは、本当に悔しい。ちくしょう……。

僕が心の中でひそかに落ち込んでいると、吉村恭子が唐突に、いたずらっぽい笑みを浮かべながら、ねえいまから三人で遊園地に行かない、と言い出した。吉村恭子なりに、気を遣ってくれているのだろう。僕が迷っていると、せっかくの夏休みなんだし、と吉村恭子が言った。どちらにせよ、今日はもうこれといってすることがなかったので、オーケーした。それに、実を言うと、僕はジェットコースターが大好きなのだ。

カフェテリアを出て、キャンパスを横切っている時、吉村恭子が急に足を止めた。視線は先のほうに向いていて、表情は凍りついていた。僕は吉村恭子の視線を追った。僕たちのいる場所から15メートルほど先に、白いTシャツと学生服のズボン姿の男が立っていた。ゴツゴツと節くれだった感じのたたずまい、遠くからでも分かる鋭い眼光……。百パーセントの自信を持って断言するけれど、彼は吉村恭子の彼氏で、体育会空手部の田口君だ。たぶん、僕を殺しに来たのだろう。

田口が僕たちに向かって歩き始めた時、舜臣が少しだけ立ち位置を変え、吉村恭子の前に出た。その動きに気づいた田口の顔が、一瞬にして怒りで歪《ゆが》んだ。

田口の足が止まった。田口と舜臣は、1メートルほどの距離を置いて、対峙《たいじ》していた。不用意に舜臣に近づかないあたりは、さすがに体育会空手部。舜臣が醸し出す雰囲気に、なにかを感じ取ったのだろう。

「おまえが電話の野郎か？」と田口が舜臣に向かって言った。

舜臣は答えない。それは僕です、と名乗り出ようかと思ったけれど、やめておいた。割って入れるような雰囲気ではなかった。そのことに気づかない吉村恭子が場を取り成そうと、舜臣と田口のあいだに割って入った。そして、田口に向かってなにかを言おうと口を開きかけた時、田口が吉村恭子の肩を摑《つか》んで、思い切り横に押した。吉村恭子は足をもつれさせ、横倒しに転んだ。肘《ひじ》が地面に当たったガツンという鈍い音と、キャッという短い悲鳴がほぼ同時に上がった。

舜臣が僕に顔を向け、言った。

「自由裁量で良かったんだよな?」

眉尻《まゆじり》のナイフ傷がほんのりと赤くなっている。僕がどう答えるべきか迷っていると、地面に倒れたままの吉村恭子が、言った。

「やめて、朴君」

田口は一瞬表情を強ばらせたけれど、すぐに唇の端にくっきりとした嘲笑《ちょうしょう》を浮かべた。

「おまえ、チョーセンか? それとも、チューゴクか?」

舜臣は僕に顔を向けたまま、笑みを浮かべ、言った。

「パターンだな、おい」

ナイフ傷は深紅に変わっていた。僕は短いため息をつき、舜臣のそばから離れたあと、吉村恭子に近寄って手を差し出し、離れてたほうがいいですよ、と言って、助け起こした。

僕と吉村恭子が充分に離れると、舜臣が右手に持っていた『老子』を田口に向かって差し出した。『老子』の角が田口の胸にかすかに当たっている。田口は戸惑いの色を隠さないまま、『老子』に視線を注いでいた。舜臣の意図はすぐに明らかになった。舜臣は、『老子』を手から離し、田口の足下に落とした。田口は、『老子』にかかった同じ重力に導かれるように視線を地面に落とし、舜臣に対する集中力を散らしてしまった。それはほんの一瞬のことだったけれど、致命的だった。『老子』が、パンという乾いた音を立てて地面に落ちたのとほとんど同時に、ドスッという音を立てて、舜臣の右足の爪先が田口のみぞおちに叩《たた》き込まれた。田口の体が「く」の字に曲がった。舜臣が爪先を元の位置に戻しても、体は曲がったままだった。田口は大きく口を開け、悲鳴にならない悲鳴を上げていた。酸素を求めて、金魚のように口をパクパクと動かしている。空気が気道に一気に流れ込む、ヒューッという音とともに、田口の体がまっすぐに伸びた瞬間、舜臣が前のめりに動き、グシャッという音が鳴った。舜臣の額が、田口の鼻のあたりに深くめり込んでいた。吉村恭子が視線を逸《そ》らすのが、分かった。

舜臣の額が田口の顔から離れた。田口はヨロヨロとした足取りで二、三歩後ろによろけたあと、足をもつれさせ、腰からストンと地面に崩れ落ちた。そして、ゆっくりとした動きで片手を血だらけの鼻にあてがい、戦意を喪失した虚ろな視線を舜臣に注いだ。それにかまわず、また舜臣が動こうとした時、吉村恭子が二人のあいだに割って入った。

「もうやめて！」

そう言って舜臣を見る吉村恭子の目には、ある種の敵意がこもっていた。吉村恭子は正しかった。吉村恭子が敵視したものを、本当は舜臣も敵視していたからだ。

吉村恭子が田口のそばに駆け寄って、ひざまずいた。スーツのポケットからハンカチを取り出し、差し出す。僕は舜臣に近寄り、優しく肩を叩いた。舜臣は額についた血を手の甲で拭《ぬぐ》ったあと、ひどく乾いた感じの表情を浮かべながら、独り言のように、言った。

「遊園地に行きたかったのにな……」


舜臣には『ムード・インディゴ』に行ってもらい、吉村恭子と田口を連れてカフェテリアに戻った。

田口にこれまでの経緯を話し、これからはボディガードをしてくれるよう、頼んだ。田口は、警察に行くべきだ、と言い張った。僕が、警察に行ったところで吉村さんに警護がつくわけではない、と言っても、警察警察、とうるさかったので、タートルネックの襟をずり下げて痣《あざ》を見せた。ようやく黙ってくれた。

「吉村さんがこんな目に遭《あ》わないように、守ってあげてください」と僕は言った。「土曜日までに僕たちが犯人を捕まえられなかったら、お望み通り警察に行きますから」

田口は、僕の言葉に、舜臣の頭突きを食らって真っ赤に腫《は》れ上がった鼻で、ふん、と笑った。ダメ押しのパンチを入れてやりたかったけれど、我慢した。田口の隣で不安そうな表情を浮かべている、吉村恭子に向かって、言った。

「今晩、また電話します」

吉村恭子は田口に気兼ねするような視線を向けながら、小さくうなずいた。

大学で吉村恭子と田口に別れを告げ、『ムード・インディゴ』に向かった。

店のドアを開けると、ビリー・ホリデイが、「どこへ行ってしまったの、わたしの愛しい人よ」、と陰鬱《いんうつ》な声で歌っているのが、耳に飛び込んできた。いつもの奥の席に、ヒロシとアギーと舜臣が座っていた。席に着いて、マスターにアイスコーヒーを注文したあと、口を開いた。

「煮詰まった」

アギーが紙ナプキンを丸めて、僕の顔に投げた。

「土曜日まで、あと何日あるんだよ」

ほっぺに当たってテーブルの上に落ちた紙ナプキンを、力なくアギーに投げ返した。アギーの隣に座っていた舜臣が、アギーに当たる寸前の空中でそれを掴み、僕に投げ返した。今度はおでこにぶつかって、テーブルの上に落ちた。僕の隣に座っているヒロシが、それを掴み、僕に向かって投げた。耳にぶつかった紙ナプキンは、床の上に落ちた。アイスコーヒーを持ってきたマスターがそれを拾い、僕に投げると、頭のてっぺんにぶつかったあと、テーブルの上に、ポトリと落ちた。どいつもこいつも……。

「レコード、変えるかい?」

マスターが、アイスコーヒーをテーブルの上に置きながら、訊《き》いた。僕は力なくうなずいた。マスターがカウンターに戻ってすぐ、ビリー・ホリデイの憂鬱《ゆううつ》な歌声から、フランク・シナトラのスインギーな歌声に変わった。シナトラは、「土曜の夜は、週の中で一番孤独な夜」と歌っていた。僕が襲われたのも、土曜の夜――。

「犯人は、寂しい奴なのかもしれないな……」

僕がそう言った時、外の光が店の中に差し込んだ。みんなの視線がドアに集まる。狭く開いたドアの隙間から、山下が店の中を恐る恐る覗《のぞ》き込んでいた。レコードの針は飛ばなかった。良い兆候だ。

「大丈夫だ。入ってこいよ」と僕は山下に声を掛けた。

山下は、ほっとしたように笑みを浮かべ、店の中に入ってきた。そして、僕たちの隣の席に腰を下ろし、アイスココアを注文したあと、やばい話のほうはどうなった? と誰にともなく訊いた。

「まだ解決してない」

僕がそう言うと、山下はわざとらしく、ふーん、そうなんだ、と言って、僕たちの様子を窺《うかが》った。誰も遊んでくれずに寂しいから、誘って欲しいのだろう。僕が襟をずり下げると、山下は真剣な眼差しで痣を眺め、早く解決するといいねぇ、とまるっきり他人事のように、言った。

アイスココアが届き、一口飲んだあと、山下が、そういえば、と声を上げた。

「みんな、進路のこと考えてる？」

僕たちのテーブルの全員が、いっせいにうんざりした表情を浮かべた。それを見た山下は、弁解するように、言った。

「だって、夏休みが終わったら、進路の個別面談があるだろ。俺、就職と専門学校のどっちにするか、迷ってるんだよね」

アギーが、おまえは二週間後にＵＦＯに乗った宇宙人に連れ去られるから、進路の心配なんてしなくてもいいんだ、と真面目な顔で言うと、山下は、そんなこと言うのやめてよー、と泣きそうな声を上げた。それを聞いたヒロシと舜臣が笑い声を上げたけれど、僕は笑わなかった。みんなが不思議そうに、僕を見た。

「どうした？」とヒロシが代表して、訊いた。

「まるっきり見当違いかもしんないけど」と僕は言った。

「なんだよ？」とアギー。

「笑われるかもしんないけど」

僕がそう言うと、山下がフライングで、クスと笑った。僕はさっきまで空中を飛び交っていた紙ナプキンの球を、山下の顔めがけて投げた。球は山下の目に当たったあと、アイスココアのグラスの中に、ポチャンと入った。山下は、うわぁ、という短い叫び声を上げ、他のみんなは、ナイスシュート、と賞賛の声を上げた。

僕はみんなの顔をゆっくりと見回し、言った。

「よく聞いてくれよ。山下のナイスアシストのおかげで、犯人に近づけたかも――」

『ムード・インディゴ』でミーティングを終え、家に帰った。

やらなければいけないことが、たくさんあった。まずは、吉村恭子に電話をした。僕の推理を話し、犯人を捕まえるために訊かなくてはならないことをすべて聞き出した。

「そんなのありえるのかしら……」

吉村恭子は、電話のあいだ中ずっと、僕の推理に半信半疑だった。

「もし、《連中》の中の誰かが犯人だったら、僕たちが見ていた犯人像にぴったりくると思いませんか？」と僕は言った。

「そうかもしれないけど……」

「《連中》の中に犯人がいなかったら、お手上げです。あとは警察に任せます」

そう言って吉村恭子との電話を切ったのは、午後八時少し前だった。その後、ザ・ゾンビーズのメンバーに片っ端から電話をして召集をかけたけれど、四十八人のメンバー中、捕まったのはヒロシと舜臣を入れた二十二人だけだった。

紙に、捕まったメンバーの名前を書き、どういう《張り込みシフト》を組むべきか考えているところに、電話が鳴った。井上だった。高速道路を敷くバイトから帰ってきたので、その報告の電話だった。

「吉村さんのほう、どうなってる？」

なんて呑気《のんき》な質問。厄介な事件に巻き込まれた恨みつらみも含めて、ありのままを報告した。

「楽しいことになってるじゃないか」と井上。

「確かに」と僕は応えた。「そんなわけで、おまえも参加しろ」

井上の協力を取り付けたあと、萱野への連絡を頼んで、電話を切った。

また電話が鳴った。午後九時三分。吉村恭子からだった。吉村恭子は、いまにも泣き出しそうな声で、言った。

「また、かかってきたわ……」

僕は厳重な戸締まりと、できれば田口に泊まりに来てもらうことを指示して、電話を切った。

犯人の奴が、こんなにも早く戦線に復帰してきた。

それでこそ、僕が捜している犯人だ。

でも、好き勝手にできるのもいまのうちだけだ。

すぐに借りを返してやる。

9

水曜日。

午前七時。学校の近くにある戸山公園の広場に、僕を含むメンバー二十五人が集まっていた。ベンチでボーッとしている奴、砂場で寝ている奴、コンビニのおにぎりをぱくついている奴、落ちていたエロ本を読んでいる奴、などなど、みんな好き勝手にしながら、僕の号令を待っていた。もちろん、ヒロシや舜臣や萱野、それに、井上や山下の姿もあった。

僕が座っていたベンチから腰を上げると、みんなの視線がいっせいに集まった。僕は深呼吸をしたあと、言った。

「夏休みなのに申し訳ない」

眠いぞー、とか、ひんしゅくだぞー、という声が掛かった。僕は笑みで応えて、続けた。

「これまでのことは、ゆうべの電話で話した通りだ。みんなには、四人一組で張り込んで、犯人を見つけてもらう。組み合わせと、それぞれの張り込み先はこの紙に書いてある」

僕は手に持っていた紙を、みんなに見えるように、少しだけ上に持ち上げた。

「俺の予想した犯人像も紙に書いておいた。犯人らしき人物を見つけたら、『ムード・インディゴ』で待機してる俺に連絡を入れてくれ」

本当は僕も一緒に動きたかったのだけれど、万が一でも犯人と鉢合わせする事態を避けたかったのだ。

僕は、みんなをゆっくりと見回した。どいつもこいつも不敵な面構えをしていた。僕は正直な気持を、口にした。

「愛してるぞ」

みんながいっせいに立ち上がった。

世界が、僕たちの世界が、正常に機能し始めた。

午前十時。

久し振りに早起きをして少し不機嫌なマスターが煎《い》れてくれたコーヒーを飲んでいると、芝、麹町《こうじまち》、市ヶ谷、銀座、丸の内、大手町、の六ヵ所で張り込んでいるメンバーたちから次々と定期連絡が入り始めた。芝、麹町、市ヶ谷、銀座、大手町は収穫なし。最後に、丸の内のある場所で張り込んでいる萱野から、それらしき人物を見つけた、という報告が入った。

「目に眼帯をしてるし、おまえが予想した犯人像にぴったりだよ」

「分かった。そいつがまた姿を現すようなことがあったら、ぴったり張りついていてくれ」

「オーケー」

午後一時。

二回目の定期連絡。やっぱり丸の内以外の収穫はなかった。萱野からの連絡を待った。

一時半、電話のベルが鳴った。

「遅かったじゃないか」と僕。

「悪ぃ」

「なんかあったのか？」

「《奴》が昼飯で定食屋に入ったから、俺たちもそれにつきあったんだ」

「怪しまれなかったか？」

「大丈夫だと思うよ。それより、プレゼントがある」

「なに？」

「《奴》の名前は、《柴田》だ」

「どうして分かった？」

「飯を食ってる時に《奴》の携帯が鳴って、『はい、柴田です』って言って電話を受けたんだ」

「ラッキーだな」

「は？」

「いや、おまえたちのお手柄だ」

「分かればいいよ。そういえば、《柴田》の奴、独りで寂しそうに定食を食べてた」

「定食の種類は？」

「ひじきコロッケ定食」

「間違いない。《奴》が犯人の確率は九〇パーセント以上」

「なにそれ」

「定食占い」

「分かってる。一時間後にまた電話をくれ」

「アホ」

部屋で待機してもらっている吉村恭子に電話をし、今日これまでの経過を話したあと、訊《き》いた。

「《柴田》を覚えてますか？」

「顔も名前も覚えてないわ」吉村恭子はきっぱりと、言った。「君の推理が確かなら、間違いなく会ってるはずだけど」

昨夜と変わらず半信半疑の吉村恭子に、調べて欲しいことを頼んだ。

「オーケー。三十分後に電話をちょうだい」

三十分後、電話をすると、結果が出ていた。吉村恭子の声は、さっきとは変わって、かなり興奮気味だった。

「君の言った通りだったわ。先輩に電話をしたら、ちゃんと裏づけが取れた。ねえ、その《柴田》が犯人なの？」

「たぶん。でも、百パーセント確実じゃないので、気を抜かないでください」

「分かったわ」

吉村恭子との電話を切り、萱野からの連絡を待った。三時を少し過ぎた頃、電話が鳴った。

「間違いない。《柴田》が犯人だ。百パーセント確実」と僕は言った。

「どうする？」と萱野。

できることなら、いますぐに合流し、《柴田》を取っ捕まえて、二、三発ぶん殴ったあとに、死なない程度に首を絞めてやりたかった。でも、そんなことをしたら、すべてが台無しになってしまう。うさを晴らすことはできても、《柴田》を捕まえて、吉村恭子に平穏な毎日をプレゼントすることはできない。

「そのまま張り込んでてくれ。慎重にな」

「分かってる」

午後五時。

三回目の定期連絡。やっぱり丸の内以外の五ヵ所は収穫がなかったので、張り込みを解くことにした。

萱野から連絡が入った。

「いまのところ変化はないよ。昼飯以来、ビルから出てこない」

「了解。このあと計画通りに吉村恭子の家に移動するから」

「オーケー」

午後六時。

マスターにお礼を言って、店を出た。ファースト・フードで晩飯を済ませ、吉村恭子の家に向かった。

午後八時三十分。

僕は、吉村恭子の部屋のダイニングキッチンのテーブルに座っていた。テーブルの上には、目覚まし時計と子機、それに、飲みかけの麦茶のグラスが二つ。

「そういえば」と僕は訊いた。「田口は今夜は泊まりに来てくれるんですか?」

吉村恭子は、寂しげにうつむき、かすかに首を横に振った。

「もしかして、昨日も泊まりに来てくれなかったりして」

僕がそう訊くと、吉村恭子は、かすかに首を縦に振って、言った。

「なんかあったら、警察に来てもらえって……」

「心配なら、舜臣に来てもらいます?」

吉村恭子は、かすかに首を横に振ったあと、すぐに、首を縦に振り直した。いったい、どっちなんだ?

電話が鳴った。ベルの音に反応し、吉村恭子の体が、ビクッと震えた。時刻は八時四十分をまわったところだった。

「出てください」

吉村恭子は小さくうなずき、子機を手に取った。

「もしもし？」

少しの間のあと、吉村恭子が、安心したように、短い息を吐いた。子機を僕に差し出す。

僕は子機を受け取り、耳にあてた。

「もしもし」

「俺だ」

萱野の声だった。

「どうなってる？」と僕は訊いた。

「八時過ぎにビルから出てきて、新橋まで歩いたあと、駅前のホテルに入った。いまは、一階のラウンジで茶を飲んでるよ。ところで、奴のテーブルの上になにが載ってると思う？」

「想像もつかない」

「ストップ・ウォッチ・サイズのデジタル時計。たぶん、誤差がほとんど出ない高性能タイプ。柴田の奴、一分ごとにそれを覗《のぞ》き込んでるよ。ねえ、賭《か》けをしない？」

「どんな？」

「奴が九時少し前にロビーの脇にある公衆電話ボックスに入って、吉村さんのところに電話をかけるかどうか」

「オーケー、俺はかけないほうに四人分の晩飯を賭けるよ。なにが食べたいか、みんなに訊いといてくれ」

「サンキュー」

萱野との電話を切り、吉村恭子に状況を説明している内に、九時五分前になった。僕と吉村恭子は、ほとんど言葉を交わさないまま、五分間を過ごした。

午後九時。

電話が鳴った。鳴ることが分かっていたはずなのに、僕と吉村恭子は、ベルの音に条件反射的に体を震わせた。僕は、吉村恭子に向かって、うなずいた。吉村恭子は恐る恐る子機に手を伸ばし、摑《つか》んだあと、通話ボタンを押して、耳にあてた。

「……もしもし」

数秒後、電話を切った吉村恭子は短くため息をつき、僕に向かって言った。

「友達に晩御飯をおごってあげてね」

僕はうなずいた。

萱野からの連絡を待っているあいだ、吉村恭子の気持をほぐすために、山下の話をした。

山下が、通学途中の駅のホームで出会った可愛い女の子にラブレターを渡そうとしたところ、数々の障害が降りかかってなかなか渡せなかった話をすると、吉村恭子は聞いているあいだ中、ずっと楽しそうに笑っていた。山下は偉大だ。

「とにかく、女の子にラブレターを渡そうとして股関節《こかんせつ》を脱臼《だっきゅう》したりできるのは、山下ぐらいでしょうね」

吉村恭子は、ひとしきり笑って、言った。

「嘘つき」

どうして信じてもらえないんだろう？

電話が鳴った。目覚まし時計を見た。午後十時四十分。とりあえず吉村恭子に先に出てもらい、電話を代わってもらった。

「ついさっき、柴田が家に入っていった。住所を言うぞ」

萱野が言った住所を、メモした。柴田は八王子に住んでいた。

「一軒家なんだけどさ、明かりが点《つ》いてないんだよね。奥さんとか子供に逃げられたんだよ、きっと」

「で、寂しくてストーカーになった？」

「そんな気がするな。そうそう、みんな、寿司が食いたいって」

「オーケー」

「ぐるぐるまわってるやつはイヤだって」

「オーケーオーケー、死ぬ気でバイトするよ」

ご苦労様、と言って、電話を切った。吉村恭子が顔を輝かせながら、すごいじゃない、と言った。

「これで捕まえられるわね」

僕は首を横に振った。

「警察に突き出すような証拠がなにもありません。いまのところ、《怪しい人物》を見つけただけの状況です」

吉村恭子がため息をついた。

「もう尻尾《しっぽ》は摑んだんです。あとは、どうやって胴体にしがみついて、引き摺《ず》り倒すかです」

僕がそう言うと、吉村恭子は、しばらくのあいだ無言で僕の目をジッと見つめ、言った。

「ここまできたんだから、最後まで君たちに任せるわ」

僕がしっかりとうなずくと、吉村恭子は微笑み、優しい声で、言った。

「がんばってね」

10

木曜日。

午後一時。大学のカフェテリアで、作戦会議を開いた。出席者は、僕、ヒロシ、舜臣、萱野、井上、そして、アギー。吉村恭子は二時からの参加だった。

柴田をどうやって捕まえるかに関して、激論はまるっきり交わされず、結局のところ、一つの方法しかないだろう、という結論にすんなりと達した。

作戦上必要だったので、アギーに料金を払い、刑事訴訟法の講義をしてもらった。講義がちょうど終わりに近づいた頃、吉村恭子がカフェテリアに現れた。とりあえず、初対面の萱野を引き合わせたあと、僕たちの作戦を話し、協力を促すと、吉村恭子は、そんなの絶対にいや、と拒否反応を示した。僕が、その方法が平穏な生活を取り戻す一番の近道なんです、と言うと、吉村恭子は、たっぷり五分ほど無言で考え抜いた挙げ句、いやいやという感じでうなずき、やっぱりあんたたちなんかと知り合わなきゃよかったわ、と独り言のように言った。

吉村恭子を交えた作戦会議を二時間ほどして、解散した。


午後九時。

吉村恭子の部屋の電話のベルが鳴った。僕と吉村恭子は、息を潜めながら、電話を見つめていた。七回ベルが鳴り、留守電に切り替わった。

「…………」

無言のメッセージが吹き込まれ、電話が切れた。

午後十時三十分。電話のベルが二回だけ鳴って、切れた。それから数秒後に、また電話が鳴り、僕が受話器を上げた。

「たったいま、家に入っていった」

柴田を尾行していた、井上からだった。

「今夜はまっすぐ家に帰ってくれたみたいだな」と僕。

「そういえば柴田の野郎、そーとーいらついていたみたいだぞ。電話ボックスを出たあと、ドアを蹴《け》ってた」

「まるでブラック・バス並みに食いつきがいいな」

ご苦労様、と言って、電話を切り、吉村恭子に、いまのところ順調です、と報告すると、吉村恭子は、こんな事態になってる時点で順調じゃないわよ、とぼやいた。

金曜日。

午後九時。吉村恭子の部屋。電話のベル。無言のメッセージ。

午後十一時五分、電話のベルが二回鳴り、切れたあと、数秒後にまたベルが鳴った。僕が電話を受ける。

「今夜もおうちにお帰りだぞ」とヒロシの声。

「勝負は会社が休みの土日だよ」

「その通りかもな。実は、柴田の野郎、電話のあと、吉村さんの家の方向に行く電車に乗ったんだけど、二駅乗っただけで引き返した。辛うじて我慢した感じだな」

「楽しくなってきたな」

僕がそう言った時、空いているほうの耳に、ぜんぜん楽しくなんかないわよ、という吉村恭子のいじけた声が聞こえてきた。僕は聞こえない振りをした。

ヒロシとの電話を切り、吉村恭子と明日の打ち合わせをして、部屋を出た。

駅までの道のりを、口笛を吹きながら歩いた。曲はもちろん、『インディ・ジョーンズ』

のテーマ。

冒険のクライマックスが、確実に近づいてきていた。

11

土曜日。

午前十時に起きて、まずシャワーを浴びに浴室に行った。《首輪》の青は、だいぶ薄まってきていた。

パンと牛乳の朝食を摂《と》ったあと、部屋に戻ってヒロシと舜臣と萱野と井上に電話をし、計画の最終確認をした。

十二時過ぎに外出の支度を始めた。迷った挙げ句、タートルネックはやめて、Tシャツにした。《首輪》の青に合わせて、色はネイビー・ブルー。

午後一時に家を出て、大学へ向かった。二時少し前に大学に着き、カフェテリアに入った。いつものように紺のスーツ姿の吉村恭子と合流し、渋谷に出た。三時過ぎに映画館に入り、流行《はや》りのフランス映画を見た。男と女が出会って、くっついて、たいした理由もなく別れて、それでも人生は続く、という面白くもなんともない内容だった。もっとも、途中で三回ぐらい寝たので、重要な部分を見逃したのかもしれないけれど。ちなみに、吉村恭子は感動していた。

六時少し前に、吉村恭子の行きつけのカジュアルなイタリアン・レストランに入り、早目の晩御飯を食べた。徐々に緊張が高まってきている様子の吉村恭子は、ほとんど言葉を発せず、ピザの一切れを十分ぐらいかけて食べた。

「絶対に大丈夫です」と僕は声に力を込めて、言った。「僕たちを信頼してください」

吉村恭子は弱々しく微笑んだあと、山下君の話をして、とせがんだので、話すことにした。山下が動物園に行って、猿山を眺めていたら、ボス猿が突然ウキーッと怒り出し、山下に石を投げてそれが見事にぶつかりおでこから流血した話や、競馬場に行って、パドックで馬を眺めていたら、山下を見て急に暴れ始めた馬に頭を噛《か》まれて八針縫った話なんかをしたら、吉村恭子は、おなかを抱えて笑いながら、嘘つき嘘つき、と連呼した。

「今度、ザ・ゾンビーズのメンバーでお金を出し合って、山下をスペインの牛追い祭に送り込もう、という案が出ているんです。面白そうでしょ？」

吉村恭子はテーブルに突っ伏して、ダメ、窒息する、と言いながら、笑った。とにかく、山下は偉大だ。

午後九時過ぎにレストランを出て、喫茶店に入った。オーダーをしたあと、店内にある公衆電話に電話を掛けに行った。吉村恭子の携帯の番号を押す。十一回目のコールでようやく電話が繋《つな》がり、ヒロシが出た。

「ごめん。いまいち使い方が分かってなくてさ」

「どんなことになってる?」

「すべて計画通りだよ。柴田の野郎、九時の《定期便》を済ませたあと、駅前の本屋に入って、立ち読みをしてる。入口の近くに立ってるんだけど、そこからだったら、駅の人の出入りがよく見えるんだ。柴田の奴、やる気まんまんだよ」

「分かった。計画通り、あとで合流する」

電話を切り、テーブルに戻った。計画の最終的な確認をしながら一時間ほど過ごし、喫茶店を出た。

渋谷駅まで一緒に行き、改札口で別れた。改札の外で僕を見送る吉村恭子の目は、濃い不安の色を宿していた。僕がピースサインを向けると、色がかすかに和らいだ。

週末の夜の、混み合う下りの電車に乗り、吉村恭子のマンションの最寄り駅よりひとつ先の駅まで行って、降りた。改札を抜け、線路沿いの道を早足で歩き、二十分ほどかけて、駅ひとつ分の距離を戻った。

吉村恭子のマンションを通り過ぎ、最寄り駅へ向かう途中にある、小さな区営公園に入った。四つある公園のベンチには、ザ・ゾンビーズのメンバーが二人一組になって座り、すべて占拠していた。みんな、カモフラージュのために、手を握り合ったり、肩を抱き合ったり、見つめ合ったりしていた。見事に《ゲイ公園》と化していた。これなら、夏の夜のいかがわしい目的で公園に入ってきたカップルも、すぐに出ていってくれるだろう。

僕が、歩きながら誰にともなく手を上げると、ベンチに座っていたメンバー全員がいっせいに手を上げた。ブランコ乗り場まで辿《たど》り着き、二つ並んだブランコの一つに座った。背後の植え込みからガサガサという音が聞こえてきてすぐ、隣のブランコにヒロシが座った。

「蚊よけのスプレーを持ってくるんだったよ」

ヒロシは二の腕をボリボリと掻《か》きながら、言った。

「状況は？」と僕は訊《き》いた。

「結局、集まったメンバーは俺たちも入れて二十八人で、全員配置についてる。そういえば、アギーも見学で来てるよ。女連れだ。どこかにいるはずだけど」

「柴田は？」

「三十分前ぐらいから、駅前の喫茶店の窓際の席に陣取って、駅の人の出入りを見張ってる」

ヒロシの手の中にある、吉村恭子の携帯電話のベルが鳴った。ヒロシは爆発寸前の手榴《しゅりゅう》弾《だん》でも持たされたみたいに顔を歪《ゆが》めたあと、さっさと携帯を僕の手に押しつけた。受け取ってディスプレイ表示を見ると、発信者は《公衆電話》となっていた。僕も使い方がいまいち分かってなかったので、通話ボタンを探すのに手間取り、十回ほどベルを鳴らしてしまった。

「もしもし」

僕がそう言うと、井上の声が、おまえは電話に早く出る癖をつけろ、と言った。そして、そんなことより、と前置きして、続けた。

「吉村さんが駅から出て、そっちに向かってる。たぶん、あと二、三分で着くと思う。もちろん、金魚のフンも一緒だ」

「分かった」

「俺もすぐ合流する」

そう言って、井上は電話を切った。通話の終了ボタンを探すのに少しだけ手間取った。どうにか見つけて押したあと、携帯をヒップポケットに押し込んだ。

僕とヒロシは無言でうなずき合い、ブランコから腰を上げた。僕がピースサインを作って高々と上げると、ベンチのカップルたちが腰を上げ、あっという間にほうぼうに散っていった。ヒロシが背後の植え込みに戻っていき、僕は、公園の入口が真正面に見える、水飲み場の背後の植え込みに向かった。背の低い鉄柵《てっさく》を越え、植え込みの中に入っていくと、すでに先客がいた。山下だった。僕は低い声で言った。

「どっか行け」

「なんでだよー」

山下も低い声で応えた。乏しく差し込んできている公園の照明のおかげで、山下の頬に蚊が少なくとも五匹以上は止まっているのが、見えた。いまの状況で、このヒキの弱さが伝染するのは恐かったけれど、あれこれ動いている時間はなかったので、蚊よけの人柱として隣にいてもらうことにした。ポジティブ・シンキングだ。

「そろそろだぞ」

僕は低い声で山下にそう言って、顔を公園の入口に向けた。

ゴクリ。

山下が唾《つば》を飲み込む音が、ひどくリアルに耳に響いた――。

12

公園の中には、静寂が漂っていた。

時折、オートバイの排気音や、酔っ払いの高笑いが遠くで沸き起こり、生ぬるい風に乗って公園の外郭まで届いたが、背の高い木々の壁に阻まれ、中にまでは入ってこれなかった。ほぼ完璧《かんぺき》に近い夏の夜の調和が、束の間であれ、そこにあった。静寂、照明、広場、調和がもたらす緊張感。公園はさながら、演者の登場を待ちわびる、野外舞台の趣きを持ち始めていた。演者は二人、観客は三十人、そして、演目は——。

吉村恭子が、公園の入口に姿を現した。

カツカツ、という靴音が、甲高《かんだか》く響く。その背後から、同じような、カツカツという靴音。カツカツ、カツカツ……。

吉村恭子の5メートルほど後方に、資本金千二百億円、社員の平均年収一千二百万円の大企業、『角田商事』の人事部長、柴田の姿があった。紺色のスーツに白と紺のストライプのネクタイ、きちんと横になでつけた平凡な髪型、これといって特徴のない平板な顔つき。右目に当ててある真っ白な眼帯だけが夜の闇にくっきりと浮き上がり、同時に柴田の存在をも際立たせていた。

柴田は片方の視線をせわしなく四方に泳がせ、人の有無を確かめていた。吉村恭子が公園のほぼ中央に差し掛かった時、肩にかかっていたハンドバッグのストラップがずれ、肩から外れた。ハンドバッグが地面に落ち、吉村恭子が歩を止めた。柴田は歩くスピードをかすかに緩め、手を胸元のネクタイの結び目に当てたあと、素早く手を動かし、結び目を解《ほど》いた。シュルッ、という音とともに、ネクタイが首のまわりから外れた。吉村恭子がゆっくりと膝《ひざ》を折って地面にしゃがみ、ハンドバッグを摑《つか》んだ。吉村恭子と柴田の距離は、3メートルほど。柴田はネクタイの両端を両手に巻き付けながら、足を速めた。2メートル。気配を感じた吉村恭子が首をまわし、緊張が色濃く浮かぶ顔を背後に向けた。1メートル。柴田が咄嗟《とっさ》に駆け寄り、吉村恭子の背後に取りついた。0メートル。吉村恭子は突然の襲撃者の存在に恐慌に陥り、しゃがんでいた足をもつれさせ、地面に尻餅《しりもち》をついた。そして、当然の反応で、顔を上げ、突然の襲撃者を見上げた。柴田が邪悪な両手を動かし、伸び切った吉村恭子の首にネクタイを巻きつけようとした、その瞬間——

13

ジーンズのヒップポケットに入っている、吉村恭子の携帯電話が鳴った。

隣にいた山下が、わっという驚きの声を上げた。

考えうる限り、最悪の展開だった。僕は慌ててヒップポケットに手を伸ばし、携帯を手に取った。ベルの音を止めようとして、あれこれでたらめにボタンを押していると、ディスプレイ表示されている発信者が目に入った。《田口ダーリン》。絶対にダーリンの鼻を曲げてやる。

ベルが鳴り止んだ。鳴り出して止むまで、それはほんの一、二秒のことだったはずだ。僕は視線を吉村恭子と柴田のほうに戻した。二人とも、ベルが鳴る前の体勢のままで、僕がいるほうに視線を注いでいた。柴田の顔に、明らかな戸惑いの色が浮かんでいる。当たり前だけれど、いまの状況が把握できていないのだろう。植え込みの陰から、突然聞こえてきた携帯電話のベルの音。でも、人の姿は見えない。

とにかく、異常事態を感じ取った柴田は、吉村恭子の首に巻きつけようとしていたネクタイを胸元に引き戻そうとした。僕は思わず、やめろ、と声を上げそうになった。思いとどまられては困るのだ。柴田は吉村恭子を襲わなくてはならないのだ。絶対に。

柴田の手が動いて、僕たちが考えた計画が破綻《はたん》しようとしたその時、吉村恭子が甲高い悲鳴を上げた。

キャーッ！

遠目からでも、柴田の体が、ビクッと大きく震えたのが分かった。吉村恭子は肩を大きく上下させながら、これ見よがしに息を吸い込み、再び爆発的な悲鳴を上げようと、大きく口を開いた。それを見た柴田の両手が咄嗟に動き、吉村恭子の首にネクタイが巻きついた。柴田の顔には、反射的にそんなことをしてしまった狼狽《ろうばい》が浮かんでいた。だが、もう遅い。

柴田が律儀にも始めてしまったことを終わらせようと、両手を交差させ、ネクタイが吉村恭子の首に食い込んだ瞬間、キリンの形をしたすべり台の陰から、飛び出してくるものがあった。あまりにも素早い動きをするそれの残像が、乏しい照明によって夏の闇にほのかに浮かぶ幻想的な走馬灯のように見えた。

舜臣は一瞬にして柴田の横に取りつき、体重が乗った右フックを柴田の脇腹に叩《たた》き込んだ。柴田が咄嗟に顔を横に向け、舜臣の姿を認識した視覚情報と、衝撃が脳に達したのはほとんど同時だったのだろう。柴田は、驚愕《きょうがく》と苦悶《くもん》がない交ぜになった表情を浮かべた。それから一瞬だけ遅れて、舜臣が脇腹に叩き込んだ衝撃が柴田の内臓を通り、肺を走り回って、気道を駆け上がり、グフッというくぐもった苦痛の声となって柴田の口から飛び出してきた。それと同時に両膝が揺れ、両手は力をなくして垂れ下がり、交差が解かれた。吉村恭子は首とネクタイのあいだに片手を差し込んで動かし、隙間を作って、ネクタイの円の中から頭を抜いた。

吉村恭子が這《は》いつくばりながら、柴田のそばを離れると、舜臣がもう一度右フックをさっきと同じ場所に叩き込んだ。僕は、てっきり柴田はその場に崩れ落ちるかと思っていた。膝はガクガクと揺れ、呼吸はゼーゼーと乱れ、上半身はブルブルと震えていて、体中を駆け巡っているそれらの苦痛をやり過ごすには、地面に横たわるのが一番のはずだったからだ。でも、柴田は苦痛よりも、身近にある圧倒的な恐怖から逃げることを選択し、少しでも早く舜臣のそばを離れようと、ヨレヨレと覚束《おぼつか》ない足取りで、近くにあるベンチに向かって歩き出した。

僕は立ち上がり、鉄柵《てっさく》を越えて、植え込みから出た。柴田が向かっているベンチに、僕も向かった。同じように、色々な場所に隠れていたメンバーたちが姿を現し、ベンチに向かい始めた。

柴田はどうにかベンチに辿《たど》り着き、身を投げるようにして、腰を下ろした。大きく肩を上下させて呼吸を整えながら、手に巻きついているネクタイを外し、ベンチの上に置く。僕の首を締めたのも、同じネクタイだったのだろうか？　僕が杉並に住む中村を尾行した時に感じた違和感の正体は、ネクタイだった。満員電車の中で、目の前にちらつくネクタイを見て、自分の首を締めた《凶器》だと本能では認識していたのだろう。

柴田はスーツのポケットからハンカチを取り出し、額に浮いた汗を拭《ふ》き取ったあと、思い出したように、僕たちに視線を向けた。

「君たちはいったいなんなんだ？」

初めて聞く無言電話の主の声は、拍子抜けするほど平凡だった。高くも低くもなく、艶《つや》があるわけでもかすれているわけでもなかった。

「あなたが尾《つ》けまわしていた、吉村恭子さんの友人です」と僕は言った。

柴田が僕に視線を向けた。目を細めて、僕をしげしげと眺める。片目ではうまく像を結ばないのか、柴田は右目に当てていた眼帯を外した。白目の部分が真っ赤に充血しているのが分かった。

「君があんまり強く突くもんだから」柴田は些細《ささい》な天気の話題でも話すような口調で、言った。「仕事に支障が出て、困ってるよ」

「あなたがあんまり強く締めるもんだから」と僕は言った。「趣味の悪いタトゥーみたいで、腹が立ってるんです」

柴田は、かすかな笑みを口元に浮かべ、言った。

「で、君たちはわたしをどうするつもりなんだ?」

「あなたを逮捕します」と僕はきっぱり言った。

柴田は、皮肉っぽい笑みを口元に浮かべた。

「なにを言ってるんだ?」

「刑事訴訟法第二三一条の『現行犯逮捕』というやつです」

僕がそう言うと、後ろのほうから、二一三条だ、というアギーの訂正の声が聞こえた。

とにかく、と言って、僕は続けた。

「目の前であからさまな罪を犯している人間のことは、別に警察官でなくても、逮捕状がなくても、逮捕できるんです。そんなわけで、あなたを『殺人未遂』の現行犯として、警察に引き渡します。ちなみに、ここにいる全員が目撃証人です」

柴田は僕たちのことをゆっくりと見まわした。萱野の顔を見定めた柴田は、口を開いた。

「君の顔は覚えているよ。定食屋で後ろのテーブルにいたはずだ。ということは、これは偶然じゃないんだね」

　僕はうなずいた。

「吉村さんにも協力してもらいました」

　柴田は吉村恭子に視線を向け、言った。

「おかしいとは思ったんだよ。人気のない公園なんかを通るから」

　吉村恭子は柴田の視線から身を守るように、胸の前で両手を組み、自分の肩を抱いた。

柴田は視線を僕に戻した。

「ところで、どうしてわたしに目をつけることができたんだ？」

「吉村さんの住所と部屋の電話番号、それに容姿とキャラクターを知っているという条件をクリアできて、なおかつイタズラ電話が始まった時期を考えて最近知り合った人物を推理していくと、おのずと答えは出ました。それは、吉村さんが受けた就職面接の面接官です」

「なるほど」

　いつの間にか隣に立っていた山下が、僕の肩をトントンと叩き、自分のことを指差した。

オーケーオーケー。

「友人の力を借りて答えを出したものの、初めは自分でも半信半疑でしたが、吉村さんが就職試験を受けた会社を張り込んだら、あなたが見事に網に掛かったというわけです」

「わずか一週間足らずでわたしまで辿り着けたというわけか。ところで、君たちは大学生かい？」

「いいえ、高校生です」

柴田は感心したようにうなずいて、言った。

「よほど優秀な高校に通ってるんだろうね」

メンバーたちがいっせいに笑い声を上げた。柴田はかまわず続けた。

「今日のことを見逃してくれれば、大学卒業後の君たちの就職に、わたしが特別の便宜を図ろう。我が社に入れれば、将来は約束されたようなものだ」

また笑い声が上がったけれど、さっきよりはトーンが落ちていた。確かに、冴《さ》えないギャグだった。

「残念ながら、僕たちの高校の大学進学率は毎年平均で八パーセントしかないんです」と僕は言った。「あなたの会社は、高卒でも入れますか？」

柴田が言葉に詰まった。僕は続けた。

「たとえ高卒でオーケーでも、僕は遠慮しておきます。あなたのおかげでネクタイ恐怖症になったので、たぶん、サラリーマンにはなれないと思いますから。ところで、訊《き》きたいことがあるんですけど」

「なんだね」

「どうして僕を殺そうとしたんですか？」

「吉村君は面接の時に、ボーイフレンドはいないって言ってたはずなんだ」

柴田がまた吉村恭子に視線を向けた。僕もその視線を追った。吉村恭子は嫌悪の色を目に浮かべ、柴田を睨《にら》んでいた。

「それってセクハラってやつじゃないですか？」と僕は言った。

「わたしは人事部長だ。我が社に就職する可能性がある人間のことは、すべてを知っておく義務がある」

「それってギャグですか？」

柴田は、大真面目に首を横に振った。僕は続けた。

「吉村さんに記憶を探ってもらったところ、あなたの無言電話が始まったのは、第一志望の内定が獲れて、他の会社に内定断りの電話を入れた翌日からだということが分かりました。動機は、吉村さんが自分の会社を蹴《け》って、腹が立ったからですか？」

柴田は首を横に振った。僕は続けた。

「どうして、毎晩同じ時間に電話をかけてきたんですか？」

「ある種の親心だね。就職が決まったばかりの頃は気が緩みやすいんだ。だから、夜遊びをしないできちんと家にいるかどうか確かめるためだよ。要するに、点呼とでも思ってもらえばいい」

僕は井上と顔を見合わせた。柴田は続けた。

「そうでなくとも、女性の独り暮しは誘惑が多い。彼女たちにはいつも心を引き締めてやるわたしのような存在が必要なんだよ」

僕たちのあいだに、得体の知れない居心地の悪さが徐々に伝染し始めていた。柴田は誰に語るでもない様子で、言葉を続けた。

「わたしは人事部長だ。わたしのような一流企業の上級管理職は、社会の木鐸《ぼくたく》としての責任を果たさなくてはならないんだ。内定を蹴られようが、いったん内定を出した以上、その人物に対するそれなりの監視と矯正の責任を負うんだよ。君たちにもいずれ分かる時がくると思うが、会社は軍隊みたいなものなんだ。一人が著しく規律を乱すと、軍全体が崩壊しかねない。わたしは軍の上層部にいる者として、常に部下の管理に鋭意努力をもってあたらなくてはならないんだ。そして、我々が住むこの社会も同じだ。みんながしっかりとした規律のもとにきちんと足並みを揃えて歩かなければならない。だから、わたしのような選ばれた者が、足並みを乱す奴の監視と矯正の責任を負うんだ。分かるかね？」

僕たちが無言で応えると、柴田は少しの恍惚《こうこつ》を目に浮かべ、続けた。

「君たちはわたしがおかしいと思っているんだろう？　君たちは間違っているよ。おかしいのは君たちのほうで、わたしではない。わたしはエリートなんだ。この狂った社会を浄化しなくてはならないんだ。男を平気で部屋に引っ張り込む吉村恭子のような淫売《いんばい》は、罰を受けなくてはならないんだ。見せしめのためにね。いまの社会の乱れを見ろ。年若い少女たちがなんの抵抗もなく体を売っている。道徳や倫理を教える者がいないからだ。だから、わたしが身をもってやらなくてはいけないんだよ。それに、いずれは街をうろついている不良外国人の群れもどうにかしなくてはならないな。奴らも社会の秩序を乱している一因だ。奴らを、社会から、この国から追い出さなくてはならない。どうだね？　わたしと一緒に道徳と倫理と社会正義のために戦わないかね？」

　僕たちの誰もが、反論の言葉を探しあぐねていた。僕たちはバカ高校の生徒だったけれど、正しいことと間違ったこととの区別ぐらいはつく。でも、言葉が足りないのだ。そして、言葉を探しているうちに、いつのまにか聞こえが良くて、もっともらしい言葉を操る連中に丸め込まれてしまうのだ。

　また柴田の口が開き、狡猾《こうかつ》な言葉が僕たちに取り憑《つ》こうとして、次々と飛び出してきた。

「我々に必要なのは公共心なんだよ。社会のために、我が身を挺《てい》する気持だ。むかしのニッポン人は公共心に富んでいた。素晴らしい美徳を携えていたんだ。美徳が失われたいまのニッポンに、君たちのような若者が異議を──」

柴田がそこまで言った時、僕の隣から、うわっ！　という叫び声が上がり、柴田の言葉を遮った。みんなの視線がいっせいに、声が上がったほうに向いた。

山下のほっぺに大きな蛾が止まっていた。山下は必死に手を動かして、蛾を振り払った。ほっぺから離れた蛾は、ヒラヒラと飛んで、今度は山下の頭のてっぺんに止まった──。

爆笑、爆笑、爆笑。中には、地面に寝転がり、体を「く」の字に曲げて笑っている奴もいた。吉村恭子も、おなかを抱えて笑っていた。笑っていないのは、柴田だけ。相変わらず頭の上で蛾がヒラヒラしている山下でさえ、みんなの楽しそうな笑顔を見て、嬉《うれ》しそうに笑っているのに。柴田は、僕たちの世界からつまはじきにされ、体中から孤独感を滲《にじ》み出させていた。ただ笑えばいいだけなのに。可哀想な奴だ。

偉大なる山下のおかげで、僕たちを縛っていた言葉が、跡形もなく消え去った。僕たちは、口を開いた。

「あんたが言ってることは」とヒロシ。「まるっきりテレビによく出てる脳梗塞《のうこうそく》気味の政治家か評論家の受け売り」

「それか」と萱野が付け足した。「ダサイおっさんが読む週刊誌に書かれてる記事の受け売り」

「中身なんてなにもない」と井上が吐き捨てるように言った。「耳に響きのいいコピー以外のなにものでもない」

「俺たちはそんな言葉を信じない」と舜臣が石よりも固い声で言った。「自分たちで見たものを信じる。あんたらは過去の幻想にすがって生きていけばいい」

「ところで」と僕は言った。「犬のマーキングみたいにドアノブに精液を引っ掛けるようなただの変態のおっさんが、なにをもっともらしいことを言ってるんですか？」

「キリもいい感じだし」アギーが携帯を黄門様の印籠《いんろう》のように手で持ちながら、言った。「そろそろ警察に通報する？」

僕がうなずくと、柴田は慌てた様子で口を開いた。

「待ってくれ。わたしはある意味では被害者なんだ」

柴田は吉村恭子のことを指差して、続けた。

「あの女が、面接の時にわたしに媚《こび》を売って誘惑したから、それに乗ったまでのことなんだ。確かに行き過ぎの面もあったろうが、ほんの出来心だったんだよ。だから、今回だけは見逃してくれないか。悪いのは、あの女なんだよ……」

吉村恭子がアギーのそばに近寄り、手から携帯電話を取った。そして、柴田を無言のまま数秒間睨《にら》みつけたあと、指を動かして、三つの番号を押した。柴田は諦《あきら》めたように、長いため息をついた。

吉村恭子が警察に状況を説明しているあいだ、柴田はネクタイを手に取り、結び直し始めた。ぶつぶつと言葉をつぶやきながら——。近くにいた僕には、そのつぶやきが聞こえた。

「どいつもこいつも殺して、この狂った社会から解放してやろうと思ったのに……。そのほうが幸せなのに……」

ネクタイを結び終えた柴田は、顔を上げ、僕のことを見た。大きく見開かれた目は、両方とも真っ赤に充血していた。僕が突いたのはどっちの目だったっけ？

遠くのほうで、パトカーのサイレンが鳴っていた。

柴田がふいに姿勢を正し、満足げな笑みを顔に広げ、確信を含んだ低い声で、言った。

「君たちは自分たちが勝ったと思ってるんだろう？　それは間違いだ。必ず第二、第三のわたしが現れて、わたしの意志を継いでくれるはずだ。《仲間》はたくさんいるんだ。君たちの中からも、いずれ《わたしたち》の側につく者が現れるだろう。首を長くして待っているよ」

柴田は最後まで間違っていた。僕たちは、勝ったなんて思ってはいなかった。勝者も敗者もない闘いに巻き込まれた徒労感を、感じていただけだった。

そんなわけで、僕たちは、犯人を捕まえた達成感も爽快感《そうかい》もなく、ただ黙って柴田と対《たい》峙《じ》したまま、パトカーの到着を待った。

14

土曜日。

柴田を警察に引き渡して、三週間が経った。

柴田の取り調べが始まってすぐ、吉村恭子に対するストーカー行為と殺人未遂だけのはずだった事件は、違う様相を呈した。柴田の家から、奥さんと高校生の娘さんの絞殺死体が発見されたのだ。柴田は、殺害の動機を、妻の浮気と娘の淫行《いんこう》を罰するため、と供述しているらしい。でも、警察のいまのところの捜査では、奥さんの浮気と娘さんの淫行の証拠は見つかっていない。たぶん、柴田は精神鑑定を受けることになるだろう。果たして、異常は見つかるだろうか？

そういえば、柴田の家から見つかったのは、奥さんと娘さんの死体だけではなかった。『角田商事』の面接調書のコピーが十枚ほど見つかり、そのすべてが女性、それも美人のものだった。調書の右隅には番号がふってあり、吉村恭子の番号は《①》だった。

もしかして《ストーカー連続殺人事件》になるかもしれなかった事件を未然に防いだ僕たちザ・ゾンビーズが、警察から感謝されるようなことは、まるっきりなかった。それはもう見事なほどに。自分たちの領域を侵犯した僕たちに、警察は冷たい対応を示した。事件に関しては箝口令《かんこうれい》を出され、警察発表では、《たまたま通りがかった学生たちの一団》が犯人逮捕に協力した、ということになっていた。僕たちはそれでちっともかまわなかった。下手にヒーローにでも祭り上げられて目立ってしまい、秋に待っている最後の聖和女学院への学園祭襲撃に支障をきたすことになるのを避けたかったからだ。そうでなくても、マンキーに厳しく目をつけられているのに。

僕たちは一週間ほどかけて警察の簡単な取り調べを受け、「次回から同様の事件に巻き込まれるようなことがあった場合、迅速に警察に通報すべし」という訓戒を賜った。

言うことを聞くかって？

ふふふ。

事件はその異常性から、マスコミのかっこうの的になった。でも、ほんの二週間ほどだけ。

連日、あることないことを、さももっともらしく取り上げていたマスコミは、若手人気俳優同士の交際が発覚して以降、そちらに鞍替《くらが》えして、視聴率と部数を稼ごうとしている。きっと、来週にはまた新しいニュースが発掘されるけれど、すぐに消費し尽くされ、飽きられたあと、やがては何事もなかったかのように人々の記憶から消え去っていくだろう。

今日、吉村恭子からテレビが届いた。

事件を解決したお礼ということらしい。

「わたしのこと、必ず見てね」

テレビ局の就職試験をアナウンサー枠で合格した吉村恭子は、電話でそう言った。僕には、今回のような目に遭《あ》ってまで、不特定多数の人間の目に晒《さら》される生き方を選ぶ吉村恭子が信じられなかった。

「変なのに尾《つ》けまわされたら、またみんなで助けてね」

返事は保留しておいた。

ちなみに、吉村恭子は役立たずの《田口ダーリン》と別れた。ひそかに舜臣のことを狙っているようだけれど、舜臣は吉村恭子にまるっきり興味を示していない。うまくいかないものだ。


せっかくだから、テレビをつけてみた。

アンテナ配線の仕方が悪かったのか、それとも他に原因があるのか、画像はひどく乱れていてきちんとした像を結ばず、スピーカーからは聞くに耐えないノイズが流れてきた。

軽い頭痛を感じて、テレビを消した。真っ暗になったテレビの画面に、首から上の姿が映った。《首輪》は完全に消えた。でも、時々、首を絞められている夢を見て、飛び起きる。近いうちに、必ず克服してみせる。


久し振りに顔を合わせた母親に、言われた。

「遊んでばかりいないで、そろそろ真剣に進路を考えなさい」

僕は曖昧《あいまい》に笑って、やり過ごした。

夏休みもそろそろ終わろうとしていた。

15

日曜日。

今回の事件解決に参加したザ・ゾンビーズのメンバーとアギーが、学校の屋上に集まっていた。

夕方の六時を少しまわり、風が吹き始めていて、過ごしやすい夏の夜になりつつあった。みんなは僕のおごりのアイスをぱくつきながら、思い思いに過ごしていた。今回の事件に関して話し合ってるグループ、色々なオナニーの方法を打ち明け合って『オナニスト・オブ・ザ・イヤー』を決めようとしてるグループ、ボクシングのヘビー級の歴代世界チャンピオンの中で誰が一番強いかを議論してるグループ（モハメド・アリが優勢）、発音がめちゃくちゃの英語でビートルズの歌を歌ってるグループ（レリビー、ゲリピー、といった具合に）、などなど。

僕とヒロシと舜臣と萱野と井上と山下とアギーのグループは、なにを話すでもなく、遠くに見える西新宿の高層ビル群を眺めていた。ビルの壁面で点滅している赤いランプの航空障害灯が、夕闇に映えてとても綺麗《きれい》だった。

「昼間は墓石みたいに見えて、殺風景なだけなんだけどなあ」

ヒロシが高層ビル群を見つめながら、ぽつりと言った。僕はヒロシの横顔を見た。心なしか頬がこけていて、目にも疲れがたまっているような感じがあった。ジッと見てるとヒロシの顔がどんどん老けていって、皺《しわ》くちゃになって、ヨレヨレになってしまいそうでなんだか恐かったから、僕は視線を高層ビル群に移した。

「久し振りにあの話をしてくれよ」と舜臣がヒロシに向かって、言った。

「なんの話？」と山下が訊《き》いた。

「異教徒の話」と舜臣が答えた。

「聞いたことないな。どんな話なの？」と山下。

「ちょうどいいじゃん」とアギーが言った。「俺も久し振りに聞きたいから、話してくれよ」

ヒロシは微笑みながらうなずいたあと、口を開いた。

「俺がまだ沖縄に住んでた頃、隣の家によく米軍の軍人が遊びに来てたんだ。隣は女の人の独り暮しだったから、たぶん、その女の人の恋人だったんだろうけど。その軍人は女の人の家に来るたびに、必ず家の壁に取りつけたバスケット・ゴールにシュートをするんだ。一日に何百本もね。まるでなんかの修業みたいに、一心不乱に――」

ヒロシのよく通る声に導かれるように、あちこちに散らばっていたメンバーたちが、ヒロシのまわりに集まり始めた。

「俺はその姿を眺めてるのが好きで、いつも少し離れた場所にある低い壁の上に座って、入ったシュートの数を数えてた。ある日、シュートを終えた軍人が俺に近寄ってきて、何本入った？　ってたどたどしい日本語で訊くんだ。俺が、七十八本、て答えると、そうか、って言って、俺のそばを離れていった。そんなことが何回か続いて、俺とその軍人はなんとなく親しくなった――」

いつのまにか、メンバー全員がヒロシを輪の中心にして、集まっていた。

「その軍人はリトルっていう名前で海兵隊の軍曹だったんだけど、俺はそのリトル軍曹からバスケを教えてもらったり、ブルース・ギターの演奏を聴かせてもらったりして、よく遊んでもらった。たぶん、リトル軍曹は、自分と同じ血が俺の中に流れてるって知ってて、優しくしてくれたんだと思う――」

メンバーたちは膝《ひざ》を抱えて座ったり、あぐらをかいたり、寝そべったりしながら、ヒロシの話に耳を傾けていた。

「知り合って半年ぐらい経った頃、いつもみたいにシュートを終えたリトル軍曹が寂しそうに、故郷《ステイツ》に帰らなくちゃいけなくなった、って言うんだ。それに、本当は軍隊をやめて沖縄に残りたい、って。俺はただリトル軍曹の言葉にうなずくことしかできなかった。俺とリトル軍曹は、しばらくのあいだ黙ったまま、いつも座ってる低い壁の上に座って足をブラブラさせてたんだけど、急にリトル軍曹がむかし話をし始めた。完璧《かんぺき》じゃない日本語を使って、一所懸命にね。そのむかし話は、こんな話なんだ――」

ヒロシはゆっくりと深呼吸をしたあと、話し始めた。

「いまからそれほど遠くないむかし、ある王国の小さな村に一人の男が流れ着いた――」

僕は、ヒロシが発する心地良い言葉の響きに軽い眠気を覚えていた。他のみんなも、ひどく穏やかな表情を浮かべながら、ヒロシの話に耳を傾けていた。いつまでも続くと思われた話も、やがてクライマックスに近づいていた。

「男が村で迎える七十回目の日曜日、両足をなくした男は、また広場に姿を現して、椅子に腰掛けたまま、両腕と両手と両指を自由自在に動かして踊り始めた。その踊りはまた評判になって、今度は王の部下に肩から先をすべて切り落とされてしまったんだ。でも、百三十回目の日曜日に、男は首を巧みに動かして、頭で踊ってみせた。そして、とうとう、王の部下は男の首を刎《は》ねたんだけど、地面に転がり落ちた男の頭を見て、村人たちは驚きの声を上げた。男はリズムを変えたりしながらまぶたを開いたり閉じたりして、目で踊ったんだ。でも、それも長くは続かなかった。やがて、男は両目から血の涙を流しながら、死んでしまった。男の肉体はこの世から消えてしまったけど、でも、男の踊りは、村人たちのあいだで、その後も長いあいだ語り継がれたんだ——」

束の間の沈黙が流れたあと、山下が口を開いた。

「その王と、王国はどうなったの？」

「俺も同じ質問をリトル軍曹にしたよ。でも、リトル軍曹は、王と王国がどうなろうと関係ないんだ、って言った。王と王国について語るなんて、素晴らしい名画を前にして、絵を囲っている額縁について語っているようなものだ、って」

ヒロシは、僕がこれまでに見たことのなかった優しい眼差しを僕たちに向けた。

「リトル軍曹は俺の頭を撫《な》でながら、お別れの言葉を言った。おまえはタフな人生を送るかもしれない。傷ついてダウンすることもあるだろう。でも——」

僕たちは、世界とのほぼ完璧な調和を感じながら、ヒロシの最後の言葉に耳を傾けた。

「なにがあっても、踊り続けるんだ」

ISBN 978-4-04-385201-7

角川文庫発刊に際して

角　川　源　義

　第二次世界大戦の敗北は、軍事力の敗北であった以上に、私たちの若い文化力の敗退であった。私たちの文化が戦争に対して如何に無力であり、単なるあだ花に過ぎなかったかを、私たちは身を以て体験し痛感した。西洋近代文化の摂取にとって、明治以後八十年の歳月は決して短かすぎたとは言えない。にもかかわらず、近代文化の伝統を確立し、自由な批判と柔軟な良識に富む文化層として自らを形成することに私たちは失敗して来た。そしてこれは、各層への文化の普及滲透を任務とする出版人の責任でもあった。

　一九四五年以来、私たちは再び振出しに戻り、第一歩から踏み出すことを余儀なくされた。これは大きな不幸ではあるが、反面、これまでの混沌・未熟・歪曲の中にあった我が国の文化に秩序と確たる基礎を齎らすためには絶好の機会でもある。角川書店は、このような祖国の文化的危機にあたり、微力をも顧みず再建の礎石たるべき抱負と決意とをもって出発したが、ここに創立以来の念願を果すべく角川文庫を発刊する。これまで刊行されたあらゆる全集叢書文庫類の長所と短所とを検討し、古今東西の不朽の典籍を、良心的編集のもとに、廉価に、そして書架にふさわしい美本として、多くのひとびとに提供しようとする。しかし私たちは徒らに百科全書的な知識のジレッタントを作ることを目的とせず、あくまで祖国の文化に秩序と再建への道を示し、この文庫を角川書店の栄ある事業として、今後永久に継続発展せしめ、学芸と教養との殿堂として大成せんことを期したい。多くの読書子の愛情ある忠言と支持とによって、この希望と抱負とを完遂せしめられんことを願う。

一九四九年五月三日

レヴォリューション No.3

金城《かねしろ》一紀《かずき》

平成20年 9月25日　初版発行
令和6年 12月5日　10版発行

発行者●山下直久

発行●株式会社KADOKAWA
〒102-8177　東京都千代田区富士見2-13-3
電話　0570-002-301(ナビダイヤル)

角川文庫 15320

印刷所●株式会社KADOKAWA
製本所●株式会社KADOKAWA

表紙画●和田三造

ISBN978-4-04-385202-4　C0193

◆◇◇

本書は二〇〇五年四月に刊行された単行本を
加筆・訂正して文庫化したものです。